Neue Bühne 30

ドイツ現代戯曲選 ⑲
Neue Bühne

# Der Park

Botho Strauß

Ronsosha

# 公園

ボート・シュトラウス

寺尾格［訳］

ドイツ現代戯曲選30 ⑲

Neue Bühne

論創社

編集委員◉池田信雄／谷川道子／寺尾格／初見基／平田栄一朗



This translation was sponsored by Goethe-Institut.

GOETHE-INSTITUT

「ドイツ現代戯曲選 30」の刊行はゲーテ・インスティトゥートの助成を受けています。

(photo ©Winfried Rabanus)

Krieg. Lustspiel ¶ Igor Bauersima norway.today ¶ Fritz Kater zeit zu lieben zeit zu sterben ¶ Elfriede Jelinek Macht nichts ¶ Peter Handke Die Stunde da wir nichts voneinander wußten ¶ Ei
akke Die Alphabeten ¶ Franz Xaver Kroetz Der Drang ¶ John von Düffel Balkonszenen ¶ Heiner Müller Der Auftrag ¶ Herbert Achternbusch Der Stiefel und sein Socken ¶ Volker Braun Iph
ldberg-Variationen ¶ Dea Loher Tätowierung ¶ Thomas Bernhard Heldenplatz ¶ Elfriede Jelinek Raststätte oder Sie machens alle ¶ Rainer Werner Fassbinder Der Müll, die Stadt und der

# 目次

# Der Park

登場人物

ヘレン
ゲオルク
ヘルマ
ヴォルフ
ティターニア
オーベロン

流行男
伊達男
キュプリアン
黒人の若者
娘
若者1、2、3

ペーター・シュタインに捧ぐ[★1]

次のような想像をしてみよう。ある有能な社会が、神聖な事物からも、時代を超えた詩からもほぼ等しく距離を置き、（すでに少々くたびれているせいもあって）神話やイデオロギーにではなく、偉大な芸術作品の創造精神にぬかずいているとするのだ。そう見るならば、この新しい劇の登場人物も筋立ても、シェイクスピアの『夏の夜の夢』の**精神**[★2]にのっとられ、動かされ、高められ、からかわれていることが分かる。我々の誰ひとり、**自分自身の**人生を歩んでいるわけではなく、幾千層にも積み重なった前提条件だの、「構造」だの、習わしだのに従属する、ひとつの同じ人生を歩んでいるだけにすぎない。それと同様、この芝居に登場する同時代人たちも、ある古く汲み尽くしがたい喜劇の魔力に支配され、その言いなりにさせられた、その魔力の信奉者たちなのである。アテネの森の中で眠りに落ちた者たちに、パックとオーベロンが振りかけた花の汁さながらに、今や芸術作品そのものが、この作品の登場人物の感覚にしたたり落ちて彼らをまどわせる。けれども変身は行われ、人びとも、精霊たちも、筋立ても次々に変転してゆき――『夏の夜の夢』はどこまでも続いてゆく。目覚めていて、皆を迷いから速やかに覚めさせる良薬を持って来てくれる者など、どこにもいないからだ。

# 第一幕

## 第一場

都会の公園。右手に背丈ほどのニワトコの茂み。その赤い枝は冬のように裸だ。枝にはゴミがいくつもぶらさがっている。紙、ビールの空き缶、パンスト、靴、揺れる壊れたカセットテープ等々。舞台が暗い間に、サーチライトが生け垣と、それ以外の作り付けの装飾フリーズを一瞬だけ照らす。サーカスの檻の中の獣たちがたてる物音。それから舞台全体に鈍い明かり。左手の平べったい箱に汚い砂が盛られている。その後ろに暗赤色の幕。隙間から強い光が漏れる。空のブランコが揺れている。

砂の箱の前方の縁にヘレンが座っている。サーカスのアクロバット用のキラキラした衣装。彼女は震えながらタバコを吸っている。右手の茂みの後ろからゲオルクが登場。

**ゲオルク**　今晩は、調子はどう？
**ヘレン**　あら、チワ。まあ、そこそこね。
**ゲオルク**　もう一度、あなたの公演を見たかったんだ。
**ヘレン**　ハ、殊勝だこと。
**ゲオルク**　芸術のできは？　満足？
**ヘレン**　芸術ですって？（額を指で叩く）ここ確かなの！　なによ！
あいつらが芸術を？　芸術は別物だわ。
あいつらがあそこでやってるのなんて芸術じゃないわ。みんなズブの素人よ。
**ゲオルク**　こんな外に座って震えてるじゃないか。
なんで一緒に稽古しないの？
**ヘレン**　私？　一緒になんかやってないもの。
絶対二度と一緒にやらないわ。
**ゲオルク**　お仲間たちとケンカ？

ヘレン　愛想を尽かしたのはあなたか、それとも向こう？
向こうですって？　ねえ、いいこと？　私は大歓迎されるに決まってるの。もしも私が行って「ここよ、イヤッホー、やったげるわ、針の板の上で軽快なヘレネを演じてあげる。鳥人間でも、なんでもいいわよ」（身体を揺らす）って言おうものなら、全員投げキスをしながら飛んでくるわ。でもあの高いバーの上や空中ブランコだと、なんだかんだ文句ばっかり。やれタイミングが悪いだの、やれ背が高すぎるだの、今度は背が小さすぎるだの、何かにつけて、荒探しばっかり。ああ、チクショウ、私ハソンナニマヌケデ、カワイイダケノ小娘ジャナイワ[★3]、四六時中、指図されてばかりいないわよ。
ゲオルク　あなたがいないと、困ってるんじゃないの。
ヘレン　そんなことないわ。私ね、落っこっちゃったの。
ゲオルク　え？
ヘレン　落ちたの。上から下へ。墜落したのよ。ドッスーン！
ゲオルク　綱から？
ヘレン　ブランコから。

**ゲオルク**　ネットは？

**ヘレン**　無し。

**ゲオルク**　ケガは？

**ヘレン**　私、もう二度と上らない。そういうこと。

絶対しちゃいけないことなの。

簡単な一回転なのに、ヒューって下に。

私は二回転だってできるのよ。何もつけずに。

それがパスカルの手をつかみ損なった。[★4]

かすりもしなかった。とんだ判断ミス。砂の中に落ちて、すぐに上に行かなかった。

だめだな、うまくいきそうにない、って思っちゃったのよ。たとえくだらないアマチュアサーカスでも、団員だったら、当然、もう一度上って行かなきゃいけなかったんだけどね。どんな形でも。さもないと二度とできなくなる。

**ゲオルク**　病院に連れて行くよ、ヘレン。検査しなければ。

**ヘレン**　イヤ、イヤ。ほっといて。シャワー浴びるんだから。

（靴を脱いで、中の砂を出す）

あんなクソッタレのアマチュア・サーカス団。ただの気晴らし。時間ノ無駄ネ。ミンナ能書キバカリ。ど素人の寄り集まり。大口たたきで、中身は空。（立ち上がる）

**ゲオルク**　行こう。何か飲もう。

**ヘレン**　そう？　いいけど。

男は自分の上着を女の肩に掛け、二人は右手に去る。

**ヘレン**　あのスーパースター達の正体、私ちゃんと知ってるわ。誓ってもいいけど、彼らの中に、ほんのちょっとだって、私の上を行く人なんていない。オナラホドダッテ、私ヲ越エルナンテムリ。大口バッカデ、役立タズ……

## 第二場

ヤブの中からオーベロンとティターニアの顔が出現する。

ティターニア　もうお戻りあそばしたの、私のオーベロン？
いつもいつも振られてばかりのご様子。

オーベロン　嫌みばかりだな、薄情なティターニア。

ティターニア　私が？　私はあなたほどに薄情ではありませんよ。
焼き餅焼きのご主人様。

オーベロン　我らの足下のでこぼこの大地ですら、お前のその色狂いの歩みは止められないようだな。

ティターニア　あなたの嫉妬の脚が弱らないのと同じよ。
昔のように柔らかな雲の回廊で私を追いかけるのではなく、今では荒涼たる不毛の都会で私を追いまわす。
天も地も、猟師にしか通じない同じ言葉で語りかけては私を駆り立てる。

オーベロン　それならば、私のそばにいて、都会の連中に
我らのより深甚なる影響力を見せつけてやるのに協力してくれ。
何しろ争いばかりが続いたせいで、
我らの威光はすっかり弱まった。

**ティターニア** よろしいでしょう、私のオーベロン。
でも私たちの……悪徳が、私たち二人をより平穏な存在にした訳でもないわね。
**オーベロン** 私は自分の悪徳の愚痴なぞ口にしない。
**ティターニア** 私だってそうよ、オーベロン。
でもね、神の身で、こんな身体に押し込められて、痛いわ。こんな狭っ苦しいところだもの。
痛くって。

二人の姿が消える。左から、流行男と伊達男のふたりが、神経質そうに通りかかる。

**流行男** 悪く取るなよ、ここまでだ、もういやだよ、この先にはもう行かないぞ。
**伊達男** もうここなのか？　ここでもう始めようってのか？
**流行男** 戻ろう。うまくない……

伊達男　そんな馬鹿な！　夜の公園を歩くのが怖いくせに、雄牛みたいに女を茂みに押し倒して犯しちまおうなんて夢想したのか？
流行男　あの太っちょ女をな、そうだ。
伊達男　太っちょ！　あのガリガリに痩せたフラミンゴ脚の男と一緒にいるデブか？
流行男　一緒だ？　一緒だったんだ。痩せ男は死んだよ。
伊達男　もう？
流行男　もう。
伊達男　どうして死んじまったんだ？
流行男　どうしてってって。
伊達男　死因は？
流行男　死因！　毎日毎日やせていって、そのうち消えちまったのさ。
消耗性なんとかっていうやつだ。ウィルスのせいだ。
消耗性のウィルス。たぶん未知のウィルスだ。★5
伊達男　いつも不思議に思ってたんだが、あんな痩せっぽちの冴えない男が、何でまたあんなデブとつきあったんだか？　新聞の結婚広告で見つけたに違いない。

**流行男**　ビデオファイルを使った結婚紹介所さ！

**伊達男**　コンピュータで選んだんだな！

**流行男**　データバンクで知り合ったってわけだ！

**伊達男**　自然なカップルができるわけがない。

**流行男**　お笑いのカップルだ！

**伊達男**　戻ろうぜ。

**流行男**　そら見ろ、俺がそう言っただろ。じゃあ戻るとしようぜ。

二人は左へ去る。オーベロンがヤブの後ろに現れ、幕の近くに移動。右から若者1と娘が来る。若者はオーバーオール姿。娘は分厚いめがね、破れたジョギングシューズ、ミッキーマウスのTシャツ、膝の破れたジーンズ、足首にチェーン、頬と膝にペイント、脇には犬のぬいぐるみ。二人はビールのケースを運んでいる。

**若者1**　こんなヒョコヒョコ歩きばかりしてちゃ、埒があかないよ。ちゃんと足並を合わせられないのか？

娘　そっちこそ合わせてよ。

二人は左に去る。右からヘルマが来る。ティターニアがヤブの中に姿を現し、自分のコートの前を大きく広げて、自分の裸を見せる。ヘルマはギョッと後ずさりして、ティターニアの彫像のように白い裸体と、動物のように黒々とした下腹部の毛を見つめる。それからヘルマはオーベロンに走り寄る。

ヘルマ　お願い！　すみません……あの茂みに女が、女が！　あんなの見たこと無い。ゾッとするわ。露出狂の女なんて……コートの前を開いたんです。私、ショックだったわ！　警察を呼んで下さい！　もしあんなの子供が見たら、子供が見たら！

オーベロン　「吾は知る、野生の麝香の花咲き、
桜草の光り、菫の青く輝く岸辺を。
天蓋を豊かに覆うスイカズラと、
甘きゼニアオイと、バラと、そしてジャスミン。
そこに夜、ときどき眠るはティターニア、

香りと踊りと快楽に疲れしとき、
そこで銀の衣(ころも)を脱ぎ捨てるは蛇……」★6

オーベロンは突然、コートの前を開き、自分の裸を見せる。ヘルマは驚いてこぶしを口に当て、あわてて立ち去る。

## 第三場

**ティターニア**　どうもうまく行かなかったようね、あなた。
**オーベロン**　そちらもな。
**ティターニア**　私の前の方が長く立ってたし、私の方を長く見ていたわ。
**オーベロン**　あの刹那は接種されたのだ。やがてどんな効果が出てくるか、まあ、見ていよう。
**ティターニア**　私たちって結局ドジを踏むんだわ。

私たちの裸を見ても、誰も感激しない。
誰かが喜んだ顔なんて見たことないし、
私の輝きのほんの僅かさえ跳ね返ってこない。
人間から戻ってくる弱い光りなんかを、
元気の元にする必要はないって言ってみたいところだけどね。
みんな何の反応もせずに通り過ぎるか、ウエッって顔して、
私に向かってどうなるなんて！　これのどこが快楽？
そもそも人間の中に性欲なんてあるのかしら？

オーベロン　人間はもはや快楽のなんたるかを知らない。

別の星なら別の生き物を互に引きつけ合わせるはずの、
あの暴力のなんたるかを知らないのだ。

我らの結婚から人間が受け継いだのは、衰弱したまがい物でしかない。

人間どもが過剰と名付ける感覚の喜びなど、我らから見れば、実に貧弱で、おそまつなものだ。浪費をしなければ維持もされず、新たにみなぎることもないのに、けちけち使うことしか知らないのだ。人間の快楽など、我らのとは、トカゲとドラゴンほど

も似ていない。今となっては我らが人間に新たな衝動を吹き込まないかぎり、彼らの快楽は弱まって、いずれ消え失せてしまうだろう。

**ティターニア** 何をなさりたいの？
いきなり強烈な姿で
自分の裸を見せるより他に、
この下界であなたに出来ることはないのよ。
あなたの力は縛られていて、
この世ならぬ振る舞いはしたくても無理。
この地上に捕らわれた使命に
私たち二人とも足をつっ込みすぎだわ。

**オーベロン** 人間どもの顔に刻まれた苦しみが見てとれる。

自分では語ることのできない願いが見えるのだ。

我らに呼びかけてもらい、自分を取り戻したいと願っているのだ。

私にはわかるし、感じられるのだが、彼らはやがて成熟し、我らにふさわしい存在となる。

自意識と日々の仕事が、彼らの衝動を徹底的に痛めつけたために、多くの人間は古き
神々に助けを求めるようになっている。
だから我らは、深く埋もれた人間の願望を目覚めさせ、
凍り付いて、しらけた心を溶かす、
最初の神々になってやろうではないか。
幸いにもうまくいって、人間の心を摑めば、
彼らが生き続ける限り、
我らは崇敬され、
我らの後に続くであろう神々より、
すばらしい見返りを手に入れることができるのだ。

**ティターニア**

そうなれば、ヤブの中のオバケみたいな
身の毛のよだつような姿のカップルじゃなくなるわね。
わいせつな女教師みたいに罰せられ、
悪口を浴びせかけられながら、
誰も見たがらない裸を見せなくてもいいのよね。

**オーベロン**　まあ、もう少しの辛抱だ、ティターニア。
一人前の市民が、一夜にして
放浪詩人になるわけもなく、自動車学校の教師に、
ソロモン王なみの情欲を呼び起こせるわけがない。
しかし今の私の希望は、
さしあたり彼らの多くに道を踏み誤らせることだ。
そうすれば、彼らのくすんだ魂も輝きだし、
ついには我らの姿がその中に映しだされることになるだろう。
それを必要とするのは、私もお前と同じだ。
あの甘い照り返しの無いことには、私とて、もはや我慢できない——

**ティターニア**　シッ！　誰か来る。

**オーベロン**　おまえの可愛い黒人だよ、ティターニア。★7
それとキュプリアン、あの芸術家がくっついている。

**ティターニア**　あなたのクソいまいましい芸術家とやらを追い払ってよ、オーベロン。私の大事な人を追い回さないでほしいわ。

左手から、公園清掃業者のつなぎ服を着た黒人青年が登場。小さなゴミ収集車でゴミ集めをしている。その後ろからキュプリアン。六十歳ぐらいでグレーの仕事着、賢そうな額、骨っぽい顔、くしゃくしゃでぼうぼうの髪。

**キュプリアン**　ノーマン！　ケーコウ！★8
時間を作ってくれないのか？

黒人は硬直したように立ち止まり、首を横に振る。

**キュプリアン**　何時ならいいんだ？

黒人は肩をすくめる。

**キュプリアン**　私を訪ねてくれないのかね？

約束してくれたじゃないか。

黒人はヤブの後ろに去る。

**キュプリアン**

彼女に何ができるんだ?!
土の中から白いシャツを引っ張り出すことはできる。★9
まあいいさ。わしなら仮面が作れる。
お前の気に入る人形だって作れる……
お前の見たくないような物だってな。月の女神ティターニア!
哀れな乞食から盗むなんて、恥ずかしくないのか!
けれども、どうしようもなく美しいお前、
お前は、一人の老人に色あせぬ魅力をまだ感じていると、
あの女に言う勇気がない。
毎日一緒に歩いてきたが、
今日は、もう足が痛む……

左手から娘と若者2が現れ、砂場の前端に座る。

**キュプリアン**　そこにヤブがある、
汚くて、裸で、病気だ――
その影の向こうの
無数の目の背後で光っているのは
ネズミの大群で、
その上に鎮座ましますのは無力な王様だ！

左手に去る。

**若者2**　一人でいたいのに、それが分かってない奴と、
一人でいたくないのに、気が付けば一人になっちまってる奴と、きみはどっちだろう、
僕にはわからない。

娘　私はね。

若者2　フム。

娘　絶対間違いだと思うのは、何かするとき、何もしてないみたいに振る舞うことよ、当然だけど。

若者2　それは確かに、一番間違ったやり方だ。

娘　それか、船で豪華にクルージングするってのもね。

若者2　ウワァ！

娘　あれこれ考えるんだけど、だからいつも誰かと一緒だと思う。

若者2　ヒデエな。

娘　そうねえ。確かに四六時中色んな人たちと一緒だけど、しょっちゅうつまずくのは自分自身の問題よね、その色んな人たちとの間の問題。

若者2　本当にどうしようもなくなったら、半年かそこらフィンランドに行って、ずーっと北の方の、サウナ付のちっちゃなコテージかなんかで、一人きりになればいい。

**娘** 蚊がブンブンしてるわ。

**若者2** そりゃ問題だな。

**娘** いつもトラブルばかり起こしていたくない。

**若者2** もちろん僕たちみたいな人間にとっては、フィンランドへいこうが、どこへいこうが、いつも切実な問題ばかり。それについて話したって、何の意味もない。それが人間のセクシュアリティなのさ。

**娘** フーン、そうなの。よく分かんない。

**若者2** ダメ、正直になれよ！　どこまでも正直に。自分の靴のどこが痛いか、分かるのは自分だけなんだぜ。

**娘** 私は正直よ。

**若者2** 全然違うね。

**娘** 私が正直かどうか、どうしてあなたに分かるのよ。

**若者2** 僕はきみと同じタイプだからさ。どんなトリックだって見破れる。

**娘**　だったら、私がトリックなんて使ってないって分かるはずでしょ。

**若者2**　（立ち上がる）まあいい。何の意味もないんだ。

僕が僕一人だけでいたら、君になりたいなんて思わないさ。君はまだ、孤独について、その根本概念すら分かっていないんだ。

二人とも左側へ去る。その直後にオーベロンが生け垣の後ろに現れ、サーカス・テントに近づき、幕を開ける。ティターニアが黒人青年と寝ている。

**オーベロン**　何をしている?! 何をしているんだ？（黒人青年は逃げる）幻を壊し、輝きを壊したな……来るんだ！ 立て！

**ティターニア**　なによ！ あなたなんて、名声が欲しいだけ、人間に祭壇を作って欲しいだけじゃない。私をこんな骸骨の中に閉じこめて、苦しめてばかり。家に帰りたい。私の広々とした野原に帰りたい！

**オーベロン**　（ティターニアの首をつかむ）

お前は神の姿を現すことができなければならん。
有象無象と交わってはならんのだ。
不完全な愛に慣れたなら、
もう月の女神ではいられず、
お前にそなわった夜の神通力も失うのだぞ。

**ティターニア** そうだわね、オーベロン。でも痛くしないで。

左手から若者1が来る。

**オーベロン** お前は幻を破壊し、我々の力の源である
輝きをダメにしているのだ。

ティターニアはオーベロンから逃れ、若者に走り寄る。

**ティターニア** すみませんけれど、今何時か教えて頂ける？

若者は自分の腕時計を見せる。ティターニアは若者の手をつかみ、その手にキスをする。

**ティターニア**　あなたを待ってたの。あなたをよ！

私を連れてって！　一緒に連れてって！

**オーベロン**　彼女をつかまえておいてくれ！

今はこうだが、

すぐにおさまる。

すまんね。

若者1は右手に去る。

**ティターニア**　もうウンザリ！

分かってるのよ。

私すっかりおちぶれたんだわ。
これ以上を語ってくれるのは死だけよ。
帰りたいわ……
すべてが解き放たれ、互いを分かり合える所へ……
(ティターニアを砂場の端に座らせる)

**オーベロン**

よくお聞き、ティターニア!
我らが帰還するのは、我らが望む時ではない。
人間たちの目が開かれ、
その疲れきった官能が我らの幻に満たされて
目覚め、その欲望が救われた時、
その時こそ、我らはこの重い肉から解き放たれる。
(そうなれば、ここも、あの妖精や精霊達の土地と同じように広々と開け、
お前も、以前よりはるかに広い国を支配するようになる……)
それまでは私のそばで我慢して、
聖なる求愛のあこがれの対象となるように努めてくれ、

超然と、神々しく、喜ばしく！——
あんな黒人の若者は放っておけ。
あれは私の家来のキュプリアンの思い者なのに、
キュプリアンをただ混乱させせて遠ざけて、冷酷さと間違ったうぬぼれによって、
彼を喜ばせるどころか、苦しめている——
お前があの青年の中に煽り立てている
うぬぼれと、あじけない冷酷さこそ、
この地上で我らの使命を妨げる
最大の敵ではないか？

**ティターニア** そうね、私のオーベロン。

**オーベロン** だったら、いいな。あの青年を操るのはやめて、
私に預けなさい。
そうすれば、私はまっとうな情熱を植え付けてから、
あいつをキュプリアンに職務への報酬としてくれてやろう。

**ティターニア** そうね、私のオーベロン。

**オーベロン**　お前はいつも、そうね、と言いながら、その反対のことをする。
冷酷さが広がってしまったのも、
満月に心をあやしく狂わせる者がいなくなってしまったのも、
夏の夜の暑さが恋人たちを狂わせることがなくなったのも、
私のせいではない――
狂わしい思いをしている者が少なくなったわけではあるまい。
しかし、みな取るに足りない自分のことでうめき叫んでいるが、
狂うほどの思いで誰かに焦がれる者がまだいるのだろうか？

左手から若者3が登場。

**オーベロン**　そんな者はいないのだ、妻よ。それというのも、
我らがいつも仲違いばかりしているからだ。
我らが心をあわせないので、
我らは誰にも好かれないのだ。

**ティターニア**　（疲れているが、反射的に）今晩は、今何時……？
**若者3**　えーと、今は——
**オーベロン**　ダメだ！　何でもないんだ！　静かに！
**ティターニア**　あなたを待ってたのよ、あなたを……

若者3は左手に去る。

**オーベロン**　何時だと？
なんで時間なんか聞くんだ？
**ティターニア**　知りたいの。
**オーベロン**　時間なんか知る必要はない！
**ティターニア**　あるのよ。教わらなきゃならないの。

彼女は立ち上がる。

**オーベロン**　（独り言）何を言ってもムダか……

**ティターニア**　朝が白みはじめてる。私のモミの森で眠っていたいくつもの湖が、
もう地上で目を開いているころだわ。私が苔のしとねに身を横たえると、
妖精たちの歌が快い眠りへと誘ってくれたもの……
さあ、固いベンチに身を横たえましょう、
私の子守歌はパトカーと救急車のサイレン。
ごきげんよう。もっと素敵な時の訪れるまで。

後ろに去る。

**オーベロン**　消えるがいい。その考えは変えてやるからな。
お前は私の名声を奪えないし、
自分の頑固さをまもなく捨てることになるだろう。
妖精や花の精とはまるで違う手立てで、
お前のわがままを手綱につなぎ、

お前の意志を私の意志に従わせてやることにしよう。
よく効く責め苦を用意しておくからな。

裏手からニワトコの茂みの中の自分の場所に向かう。

**オーベロン** （呼ぶ）キュプリアン！　キュプリアン！

キュプリアンが寝ぼけ眼で登場して、生け垣の下に横たわる。

**オーベロン** キュプリアン、聞こえるか？
**キュプリアン** （眠りながら）ええ。
**オーベロン** いよいよだぞ。お前の傑作が必要だ。
**キュプリアン** 恐ろしいこって……
**オーベロン** 芸術家なんだろう？
**キュプリアン** （肩をすくめる）

# 第四場
## 「音合わせ」★10

舞台左手に二層の壇。上の壇はヘレンとゲオルクの家、下の壇にはカフェのテーブル。

カフェ。友人二人。

**ゲオルク** ちょっと大事な話なんだけど。この前、ヘレンを紹介したね。どんな感じだった？

**ヴォルフ** ヘレン？　ああ。何をしているんだっけ？　何者なんだ？

**ゲオルク** よくは知らない。何も話してくれないんでね。彼女、嘘つきなんだ。子供みたいな嘘をつく。一年半ほど前に僕の事務所に来た。レバノン人と偽装結婚して、相手に滞在許可証を取ってやることで、報酬を受け取っていたんだ。それから、次の同じような仕事をするために離婚をする。弁護士として面倒を見てやったんだ。怪しげな組織から手を引くのを助けてやったのさ。両親はドイツ人とアメリカ人で、母親はアメリカにいる。

**ヴォルフ**　どう見ても、君らはちぐはぐなんだなあ。

**ゲオルク**　結婚するのは考えものだって言いたいのか？

**ヴォルフ**　親友ならば、どんなにわけのわからん愛だろうと、いつだって支えてやりたいと思うもんだよな。でも、違うんだ。君とヘレンの場合、互いのために生きていくのは、報われるかもしれんが、結構重い課題になるって気がするんだ。

**ゲオルク**　課題ときたか？　ずいぶん懐疑的に聞こえるが。

**ヴォルフ**　僕のことはよく知ってるじゃないか、ゲオルク。これ以上は、話す必要はないだろう。

**ゲオルク**　そうだな。

ヘレンとゲオルクの家。女と男。

**ヘレン**　ヴォルフと会ったでしょ？
**ゲオルク**　ああ。
**ヘレン**　何か心配事？
**ゲオルク**　いいや、別に。
**ヘレン**　あなたのお友達、私たちのこと、何か言ってた？
**ゲオルク**　そうだな、幸せを祈ると。
**ヘレン**　それって皮肉？　それとも、いつもそんな調子なの？
**ゲオルク**　いやいや、皮肉なんて全然。心からさ。
**ヘレン**　本当のところ、私たちのことをどう思っているか、聞き出せなかったの？
**ゲオルク**　彼が君のことをどう思っているかってことかい？
**ヘレン**　そうよ！
**ゲオルク**　君との結婚はやめた方がいいって。
**ヘレン**　（驚いて）ま！
**ゲオルク**　彼の勘に従えば、僕にそう忠告するべきだと、まあ、そういうこと。

**ヘレン**　それであなたは、彼の忠告とやらをどう思ってるの？

**ゲオルク**　分かって欲しいんだが、ヴォルフのような親友の言葉である以上、聞き流すわけにはいかない。

**ヘレン**　聞き流すわけにいかないって……じゃあ、**あなたの**勘はどうなの？

**ゲオルク**　（肩をすくませる）

**ヘレン**　それってないんじゃない、ゲオルク。それってないと思うわ……

カフェにて。友人と女。

**ヘレン**　どうして私のことをひどく言うの？　私のことなんて何も知らないくせに。

**ヴォルフ**　君のことをひどく言ったりはしていない。

**ヘレン**　ゲオルクに結婚はやめろと言ったわ。

**ヴォルフ**　何を言ったって？　逆だよ。ついに身を固める決心をしたことに、お祝いを言ったんじゃないか。

ヘレン　でも彼が言ってたけど、あなたは、私たちが合わないって思っているって。
ヴォルフ　それは嘘だ。そんなことは言ってない。白状すると、彼には言ってないことがある。彼には言えないことがある。でも君には黙っておけない。君は、僕の目から見ても、とても素敵な女性なんだ。もしも聞きたければ言うけど、僕はゲオルクに嫉妬しているんだ。
ヘレン　あら、そうなの——
本当に？

ヘレンとゲオルクの家。女と男。

ヘレン　ゲオルク！　私、あなたのお友達のヴォルフと会ったわ。
ゲオルク　それで？
ヘレン　大学以来の友達ですって？
ゲオルク　その通りさ。
ヘレン　どうして教習所の先生なの？

ゲオルク　教習所が彼のものだからさ。大学では歴史を勉強したんだが、父親の自動車教習所を受け継いだんだ。

ヘレン　本当に、あの人、私が嫌いなのよ。

ゲオルク　ほお！　彼がそう言ったのかい？

ヘレン　私があなたに合わないって、そう信じている。

ゲオルク　だから、直接君にそう言ったのか？

ヘレン　あの人は親友のあなたを、何とかして間違った道から引き戻そうとしている。大嫌いだわ。

ゲオルク　それは違う。そんなことを言ってはいけない。もちろんなかなか難しいかもしれない、この手の微妙な関係が僕ら三人に――

ヘレン　三人ですって？　あの人にはヘルマがいるじゃない。結婚してるんでしょ？

ゲオルク　そう、ヘルマとね。だけどそれは全く別問題だ。彼は僕ら二人に強く惹かれてる。

ヘレン　私にじゃないわ。あなたにでしょ。とにかく、あなたは決めなくちゃいけないわ。あの人か、それとも私か。

**ゲオルク**　決めるまでもない。

**ヘレン**　あら、そうなの？　もう決まってるの？

**ゲオルク**　ヴォルフは僕の親友で、僕は君を愛している。
何が問題なんだ？

**ヘレン**　大いに問題よ。ものすごい問題だわ。あっちは私を受け入れないし、私もあっちを受け入れない。だから、あなたの心に裂け目が出来ているの。

カフェ。友人二人

**ゲオルク**　君がヘレンを本当はどう思っているのか、ちゃんと言ってくれなかったね！

**ヴォルフ**　でも大体わかっただろう。君の方こそ、僕が彼女を全然評価していないってことを、彼女に話したじゃないか。

**ゲオルク**　それで本当に評価してないのか？

**ヴォルフ**　この間、ちゃんと知り合う機会があった。彼女は君にピッタリだ。

**ゲオルク**　何だって？

公園

**ヴォルフ**　君たちはすぐに結婚するべきだと思う。

**ゲオルク**　それは訣別の台詞か？

僕らの友情が壊れるくらいならば、結婚はしない。

**ヴォルフ**　それじゃあ、僕が君の奥さんを褒め称えて、同時に君の親友でもあり続けるというぐあいにしたいのか？

**ゲオルク**　ヴォルフ、いいかい？　君は一方にはヘルマがいて、きちんとした家庭を持っている。他方には僕らの家、僕とヘレンだ。両方あって、君に必要な精神的なバランスが保てるんだ。

**ヴォルフ**　それじゃあ、僕も君の家族の一員か？

**ゲオルク**　もちろん。君も家族さ。ある意味でね。一部なのさ。

**ヴォルフ**　ヘレンも同じ意見か？

**ゲオルク**　あったりまえさ。彼女の方が言い出したんだ。僕と全く同じ友情を彼女も求めているんだ。

カフェ。友人と女

**ヴォルフ**　君の「友情」とやらをゲオルクの口から言わせるなんて、どうして、そんなに底意地が悪いんだ。

**ヘレン**　あら！　そんなことしてないわ。

**ヴォルフ**　僕が君にどんな気持ちを持っていると思っているんだ？　友情か？

**ヘレン**　そんなこと分からないわ。分かっているのは、あなたが心の底から、私とゲオルクとを別れさせたがっているってことだけ。

**ヴォルフ**　前に会った時に、僕の本当の気持ちを言わなかったか？　これで二回目だぜ、君が僕の所に来るのは——

**ヘレン**　私が二度も来たのは、今後、私を夫と二人だけにして欲しいと、あなたに頼むためです。

**ヴォルフ**　でも君の夫殿は、僕との友情をやめるつもりはなさそうだ。君だって本当にゲオルクを愛しているなら、そんな要求はしないだろう。

**ヘレン**　私はゲオルクと結婚するのであって、その親友**とも一緒**なんてできません。

**ヴォルフ**　そんなことにはならない。

**ヘレン**　だって、あなたは私たちを別れさせようとしたじゃないの！

**ヴォルフ**　それは違う！　逆だ。ゲオルクとの友情を続けるためなら、僕は何だってするし、それによって君たちはますます強く結びつくはずだ。

**ヘレン**　「何でもする」って、どういうこと？

**ヴォルフ**　それはつまり、例えば、僕が君を欲しがるってことだ。というのも、それこそがゲオルクの一番の願いだからさ。

**ヘレン**　彼のその願いとやらは、あなたの気持ちとは違うのよね。

**ヴォルフ**　僕はこう思うのだが、夫の目の中とか、夫の腕の中にいる妻というのは、結局の所、その友人の評価に応じて、価値が上がりも下がりもする。その点では心も相場も同じようなものだ。君に心から好意を寄せることで、僕は友人に報いることになる。そうした行為が、友人が妻に注ぐ欲望を裏で支えることにもなるからな。

**ヘレン**　心は相場とは違います。

何が目的なの？

**ヴォルフ**　何て言いぐさだ！

ヘレン　ゲオルクぬきで、二人だけで会ったとしても、私が欲しいと思った？
ヴォルフ　それはないね。
ヘレン　そういう態度って、冷たくって、すごく勘にさわる。
どこが友達なのよ。
ヴォルフ　まあ、すぐに分かるだろうけれども、今後僕が君にあれこれささやいたり、愛をこめてつけ回すことを許されるからこそ、僕はいい友達でいられるのさ。
ヘレン　それじゃあ、私としては、あなたに気をつけろって、ゲオルクに言わなきゃならないわ。

ゲオルクとヘレンの家。夫と妻

ヘレン　ところで、この間ヴォルフと会ったわ。とっても素敵な人だってわかった。
ゲオルク　おや！　これはどうだ。それじゃあ、あれが効いたな。
ヘレン　何が効いたの？
ゲオルク　実を言うと、ちょっとしたズルでね。君の許しを得なかったけれども、君の方が彼との友情を持ちたがっていると言ったんだ。すると彼の方も軟化したのさ。

**ヘレン**　カゲデコソコソヤルノガ好キナヨウネ、イツモイツモ……

**ゲオルク**　だってさ！　結局は、僕らのためじゃないか！　ヴォルフも今や、君のためなら火の中、水の中。君だって「とっても素敵な人」って言っただろう？　僕と彼の仲も、これで順調さ。

**ヘレン**　順調ねえ……それであなたと私の仲は？

**ゲオルク**　僕らには何も問題は無いじゃないか！　君の方がどう考えるかは別だけど……でも君と彼との間が順調で、僕と彼との間も順調なら、気持ちの論理から言って、君と僕との間だって――

暗転

# 第二幕

## 第一場

キュプリアンのアトリエ。長い作業テーブル。右手に古いソファ。その後ろに大きな仮面や張り子人形。作業用プレートの上には琥珀の塊、蜜蠟、土くれ、顕微鏡、ピンセット、ヘラやハサミの類、ルーペ、巻き尺やその他の測定具など。グレーの仕事着とジーンズ姿のキュプリアンは、小さな立像を持っていて、それをヴォルフに見せる。

**キュプリアン**　相当狂ってるだろ、なあ？（笑う）

**ヴォルフ**　まるで生きてるみたいだ。聖女のようだ！

キュプリアンはかがみこんで、さらに二体の立像を絨毯の下から取り出す.

**キュプリアン** ずいぶん小さいだろう？

**ヴォルフ** すごい！

**キュプリアン** ちゃんと測れ、と奴は言う。測れ、測れ、測れって。何を測ればいいんだ？　巻き尺を取り出して、目に入るものを手当たり次第測った。奴の命令に駆り立てられて。気が付くと、どんどん小さな縮尺になってた。

**ヴォルフ** どうして絨毯の下に隠してるんだ？

**キュプリアン** 隠してなんかいない。自分からそこに入りたがるのさ。

**ヴォルフ** 誰かに踏まれたらどうする――何で出来てる？　材料は何？

**キュプリアン** これは土さ。酸度の高い土と蜜蠟。こっちは黒玉。磨いた石炭さ。昔はこれで魔除けを作ったんだ。

**ヴォルフ** おもしろい。ミノア文明★11のテラコッタ人形みたいに見える。同じ原始の生命賛歌だ。

キュプリアン　そうかい？　そうかもな。さあ、作れ、と奴は言う。作れ、作れ、キュプリアン。気力と眼力は任せておけ、ちゃんとつけてやる、だから手を抜くな。小さな立像を作るんだぞ、いいな？　小人だぞ、そいつらにカトリックの国でコンドームに穴を開けたり、娘の事務椅子に胡椒を撒いたりさせるんだ。（笑う）昔はそこにあるような大きな張りぼてを作っていた。でかい巨大なものばかりだ。今、奴は言う、ミニサイズのものを作れ、それが人間どもの気に入るかどうか見てみよう、と。

ヴォルフ　奴って誰だ？

キュプリアン　オーベロンさ。

別の立像を見せる。

ヴォルフ　すばらしい。

キュプリアン　これは「膝曲げの娘」っていう名だ。みなの前で膝を曲げてお辞儀をしすぎた。今じゃビッコをひいてる。

ヴォルフ　この躍動感と姿勢――完璧だ。今にも手の中で動き出しそうだ。

**キュプリアン**　（ルーペを取り出す）まあ、よく見てごらん！

**ヴォルフ**　この子、目がついてるんだ。目がハッキリ見える。ぞっとするようなものを作ったものだ。

**キュプリアン**　みんな魔力がこもってるだろ、え？　そうさ。どう思う？　人間の気に入るだろうか？

**ヴォルフ**　何だってそんなことを聞く？「人間」に気に入るかなんて、気にする必要はないじゃないか。

**キュプリアン**　ふむ。でも私は気に入られるかどうか、気になるのだ。喜びをもたらしたいんだよ。よく、思うんだが——例えば、彫刻をしながら、「南国のバラ」とか、「美しく青きドナウ」とかを聞くのが好きなんだが、あのワルツ王のヨハン・シュトラウスだって、きっと、「このワルツは気に入ってもらえるだろうか？　きっと気に入ってもらえるに違いない！　まあ、聞いてくれ！　さあ、どうぞ。芸術家からの贈り物だ！」と心の中で言っていたに違いないってね。

**ヴォルフ**　ワルツ王か、なるほどね。でもあなたは立像制作の方だから、むしろ少数者向けで、物静かな、厳密な作品作りでしょう。

キュプリアン　立像制作？　そんな程度のものかな？　どうも苦労に見合わんようだな。

ヴォルフ　まあ待って！　僕はこの立像が欲しいよ。ぜひ買いたい。この「膝曲げの娘」を。結婚式の贈り物にしたいんだ。僕の愛している女性が別の男と結婚するから。

キュプリアン　そういうことか。それなら、その娘じゃない方がいい。だったら、こっちの「みだらなティターニア」という月の妖精にしなさい。こっちなら、君のあこがれのその女は、結婚なんてものをまじめに受け取らなくなる。請け合うよ。

ヴォルフ　すばらしい。他のどれよりもずっと美しい。髪の毛には何をつけてるの？　花？

キュプリアン　花だって？　クネッケパンにコンデンスミルク、チョコケーキにポテトチップさ。ティターニアはしたたかな女だ。人間に混じってることが多い。お昼時でスーパーがすいてる時、彼女が売り物にちょっと触ると、それは惑星みたいに彼女の頭の周りをグルグル回りながらついてくる。「カートはお使いにならないんですか？」とレジ係が不平を言う。これなら、あんたの目的にバッチリさ。請け合うよ。これにしな、他はダメだ。

ヴォルフ　わかった。これにしよう。

**キュプリアン**　（独り言）したたか女め！　わしを痛い目にあわせおって。どれだけ苦しめられたか……（はっきりと）さてと！　いいかね、大事なのはひらめきだ。

何週間も頭をひねり回した後で、ちょっと咳をする。するとアイディアがひらめくんだ。

## 第二場

公園の中。サーカスの幕の前にティターニア。その前に黒人の青年が、砂場の箱の端に座っている。

**ティターニア**　「この森から逃げたいなんて思わないで。

あなたは私と一緒に野を進むのよ。

私は特別の霊的存在よ。

私の国はいつも夏、

見て、あなたを愛してるわ！　だから付いてきて。

あなたに妖精たちを仕えさせ、

海の真珠を持ってこさせます。
あなたが花のしとねでまどろむ時は、すてきな歌を歌わせましょう。
あなたを地上の体から解き放ち、
妖精のように軽やかにしてあげます。
芥子の種！　豆の花！　蛾！　蜘蛛の巣！

ティターニアは地面から四枚の白いシャツを引き出す。右手からオーベロンとキュプリアンが来て、それぞれ離れた所から、その様子をうかがう。

**ティターニア**　皆々、丁重に、このお方に仕えなさい。
どこへお出ましになるときも、周りを跳びはね、ひらひら舞って、
アンズやスグリを探し出し、
桑の実とイチジク、紫のブドウを捧げなさい。
密蜂から蜜を取っておいでね。
蜂から蠟でできた足をもいできて、蠟燭に使い、

ホタルの光りをおぎなってさしあげるの。
いとしい方のベッドの出入りを照らしておあげ。
蝶々のきれいな羽扇で、
お目に射し込む月光をあおいで防いでおあげなさい。
さあ、妖精たち、うやうやしくご挨拶を。[★12]」

**オーベロン**　常夏の国から亡命しなくてはならなかった悲しさのあまり、
ティターニアはあんなところで夢想にふけり、
お前の黒人を前に、
狐につままれた哀れなロバの花嫁きどりでうっとりと芝居を演じてる。

**キュプリアン**　彼女は、今日のうちにもここで
別れの愁嘆場を演じることになるでしょう。

**オーベロン**　あれはたとえ何千回忠誠を誓おうと、
見境無く時間を聞いて回り、
手当たり次第に混じり合ってしまう。
ああするよりないんだ。この国はもうあれの我慢を超えている。

地電流があれのすなおな感覚を乱すのだ。

**キュプリアン** 私の中では彼女への反感がおさまりません。

**オーベロン** それなら、お前の芸術とオーベロンの霊が、どんなに相性がいいか見せてくれ。そしてあの狂える女王を鎮め、あっという間にショックを与え、はるか隔たった時へと追い払うことのできる、驚くほどよく効く薬を作ってみろ。

右手から伊達男がスーパーの空のワゴンを押して来て、砂の箱と同じ高さの所で立ち止まる。

**ティターニア** 「さあ、みんな、この方を私の神聖な館にお連れして。
どうやら月が涙をためているよう。
月が泣くと、小さな花もみんな泣き出す。
どこかで狼藉が行われている気配だわ……」★13

彼女は黒人の若者をカーテンの後ろに引き入れ、伊達男に走り寄る。

**ティターニア**　すみません、
　　**伊達男**　今何時です？
　　　　　　（彼女を見ずに）今はちょうど――
**ティターニア**　お待ちしていましたわ、あなたをよ！
　　　　　　あなたとの距離は
　　　　　　意識していたけど、私はそれを、
　　　　　　背伸びしてあなたを探す
　　　　　　足場代わりに利用していたわ！
　　**伊達男**　（困惑して苦笑いを浮かべて）ほー……
**ティターニア**　どうして一緒に私の国へおいでにならないの？
　　　　　　公園を越え、垣根を越え、川と炎をくぐって！
　　**伊達男**　えーと……
**ティターニア**　お住まいはどこ？
　　**伊達男**　ハイメランン通り8番。

**ティターニア**　（見知らぬ外国語のように）
「冷・凍庫・には・まだ・何が・ありますか？」

**伊達男**　（機敏に）冷凍庫にあるのは
鶏肉とピザにハニーアイス。

**オーベロン**　今だ！

キュプリアンがティターニアの首に魔除けを掛けようとする。

**キュプリアン**　（伊達男に）腕だ！　腕を押さえて！

彼は首を振って激しく抵抗するティターニアに魔除けを掛ける。すると彼女は静かになり、終いにはジッと立ちすくむ。

**オーベロン**　（独り言）やれやれ、効果てきめんだ。
この芸術作品はさぞかし、

キュプリアン　私の悲しみをたっぷりと増やしてくれるだろう……
助けてくれて、かたじけない。
伊達男　どういたしまして、キュプリアン。
心臓ドキドキでしたよ――

## 第三場

結婚式の日。壇。背後の壁は真っ白で、緑の花綱装飾。スポットの当たる花台にティターニアの立像が飾られている。柱の後ろに、花嫁姿のヘレン、ゲオルク、ヴォルフ、ヘルマが半円状に立っている。彼らは話の合間に、しばしば立像に目を向ける。

ヘレン　まあ、なんて可愛いの！
ゲオルク　可愛くなんかないよ。
ヘレン　可愛いわよ。おっそろしく可愛い。

ナンテ可愛イノ！　素敵ナオチビチャン！
ナンテキレイナオ嬢サン！　名前ハ何？

**ヘルマ**　女じゃないわよ。

**ゲオルク**　女だって。

**ヴォルフ**　「オソレ」さ。

**ヘレン**　なんですって？

**ゲオルク**　「オーソレミーオ♪」だな。★14

**ヴォルフ**　違うよ。「ゾッとする」の「怖れ」さ。恐るべきもの。

**ゲオルク**　なるほど。結婚式の贈り物にうってつけだ。

**ヴォルフ**　「怖れ。獣の国のティターニア」、そういうタイトルだ。

**ヘレン**　なんてキラキラ輝いてるんでしょう！

**ヴォルフ**　もちろん、ちょっと迷ったんだ。ヘンな名前だったからね。でも、彼のアトリエで、ものすごく惹かれた。本当に完璧な芸術作品だ。

**ヘルマ**　芸術？　この人形が？　芸術作品じゃないわ。

**ヘレン**　いずれにせよ、マスコットだわ。

幸せをもたらすお守り。

**ヴォルフ** 違うんだ、ヘレン。すまないが、それは現代芸術さ。あの芸術家が初めて作り出したマイクロミニアチュール・スタイルなんだ。値もひどく高い。くそいまいましいほどだ。

**ゲオルク** こういう小さい物が今の流行っていうの、典型的だよな。僕の同僚で、裁判所でも首に小さな魔除けを掛けているやつがいるよ。

**ヴォルフ** それは違う。君は混同してる。そういう飾りとは全く違う。

**ゲオルク** 混同なんかしてないさ。まさに流行のプレゼントなんだ。ありがたく受け取った後で「こんなもん」と陰で言って、半分バカにしながら、半分ありがたがってる。

**ヴォルフ** 君は僕がヘレンの結婚祝いに、アヤシゲな宗教団体のショップでクダラン土産を買ってきたと言いたいのか？

**ゲオルク** そんなことは言ってないよ。確かに高かったろう。だけど、こういうモノはどこにでもある。蔓延してるんだ。

**ヘルマ** 魔人除けね。

**ヴォルフ** 魔物除け[★15]だ。

**ゲオルク** 流行のオモチャなら、ずいぶん見てきたよな。ヨーヨー、フラフープ、スケートボード、ウォークマン、キューヴ——ところが今市場に出回ってるのは、この手の小さなおっかない魔物だ。だから僕には、これが典型的にしか見えないのさ。

**ヴォルフ** これのどこが典型的だと言うんだ?

**ゲオルク** まさに典型的さ。今の時代、技術だろうと経済だろうと、ダイナミックな効果を持つものは全て、ひどく小さいんだ。コンパクトに、小っちゃく、親指の爪のように、全てがますます小さくなって行く。それが時代のスタイルなのさ。マイクロ・エレクトロニクス、マイクロ・フィルム、マイクロ芸術。

**ヴォルフ** (ヘレンに)彼の言ってることは全部タワゴトだ。どうか信じないでくれ! よく見てごらん。あれには引きつける力があるだろう? 海の向こうから射す月の光のように……

**ヘレン** (ゲオルクに)今日の私の気持ちを言えばね、古くさいけど、こうよ。アナタヲ崇拝スルワ、ダーリン。子供っぽいけれども、もうバカみたいに、あなたに夢中なの。

**ゲオルク** 僕も君に夢中さ。でもねえ、注意注意! 明日の朝起きたら、二人ともおバカな羊頭の道化[★16]で、お互いがわからなくなってたなんてことのないように。

**ヘレン**　私はあなたを信じているわ、あなたは私を守ってくれて、私が訳が分からなくなっても、ちゃんと見張っててくれるって。

**ヘルマ**　きっと健康な疲労が、あなたたちを最悪の事態から守ってくれるわ。

**ゲオルク**　夜のパーティまで楽な服に着替えないで、花嫁衣装のままでいるつもりかい？

**ヘレン**　このあこがれのドレスを着て走り回るわ。これが混血ニグロみたいに汚れてゴワゴワになるまで。

**ヘルマ**　万歳！　さあ、繰り出しましょう。

**ヴォルフ**　(ヘレンに) 申し訳ない――

**ヘルマ**　何よ？

**ヴォルフ**　申し訳ない、ヘレン――

**ヘルマ**　だから何よ？

**ヴォルフ**　(どなる) うるさい！

申し訳ない。もし「怖れ」という名前が君の気分を害したとすれば、僕は少々心苦しい。

別に驚かそうと思った訳じゃないんだ。

**ヘレン**　でも私はこれ好きよ！　大好き！

## 第四場

公園。ティターニアは「別の時代の女」に変身している。キッチリとしたスーツ、釣り鐘型のスカート、髪に平たい花付帽子。ギクシャクと立ち、捕らえられた小鳥のように不安げに見回す。三人の若者と一人の娘とが取り囲んでいる。

**若者1**　どこの動物園から逃げ出したんだ？
とっても可愛いじゃねえか。

**若者2**　博物館から来たんだろ。

**若者3**　しゃべれねえのか？　どっから来たんだ？
ここの者じゃねえだろう？

ティターニアは、いわば無意識に、コートの前を開いて自分の裸を見せるかのように、腕を動かす。

**若者2**　何て名前だ？

**娘**　こいつ、言ってることが分かってないよ。

**若者1**　これは聞こえてねえな。

**若者3**　何て名前だ？

**若者1**　（叫ぶ）聞ーこーえーてーるーかー？

**娘**　今時の女じゃやない。

**若者3**　全然、今じゃねえな、どうだ？

**若者1**　今じゃねえとすると、
昔がどうだったのか、
説明して欲しいもんだ。

**若者3**　（指でティターニアの頬をはじく）
ほら、何か言え。

若者2　何も言わねえ、何も聞こえねえ、何も感じねえ。

娘　（自分の犬のぬいぐるみをティターニアの手に押しつける）

犬すらつかめない。

何にも持てない。

若者3　（ウォークマンのヘッドフォンをティターニアの口の中に押し込む）

おいしいかもよ。

若者1　（空のビール缶をティターニアの頭に投げつける）

何か考えてるかもな。

若者2　おい、なあ、別の時代星のレディさんよ！

若者3　（ヘッドフォンをティターニアの口から引き出す）

壊すなよ！

雌ブタ！（ティターニアを蹴る）

娘　（歌う）みんな公園に……

若者123　（合唱）そう、公園にみんなやって来る。

四人はティターニアの周りを歌いながら踊る。

**若者3** いつの時代から来たんだ？　ロートルおばけめ！
**娘** むかあ〜し！
**若者3** 昔おばさん。
**娘** もっと昔！
**若者3** スーパー昔モンスター。
**娘** もっともっと昔！
**若者3** ド田舎キングコング！
**若者1** 顔ぐらいあるんだろ。
紀元前ってわけでもない。
口を開けろ、これだよ、開けろったら！

若者1がダンスの輪から離れずにティターニアに近づくと、ティターニアはいきなり平手打ちをする。四人は驚いて尻餅をつく。

**若者3**　上から来やがった。
**若者1**　やばい、逃げろ！

若者達は走って逃げる。娘はぬいぐるみを持ってうずくまっている。

**娘**　（棒読み風に）
私まだ新入り。
何をすればいいのか。
かなりいい感じはしてる。
通りはずいぶんうろついてるけど、
建物の中がどうなってるかはわかんない。
他のみんなはトータル・オーケーなのに、
私だけいつも塀の外を走り回ってるって、
気になることがしょっちゅう。

自分の力をただ自分にぶつけているだけって感じ。
どうしてか、よく分かんないけど。
お父さんは出て行きたがってるし、お母さんは
ただ泣きわめくばかり。
お父さんの車は全部パンクさせて来た。
ウェイトレスが良いな、やるしかないなら。
それで、ちゃんと働く。
またダメんなるまで。

ティターニアが娘の髪にゆっくりと手を降ろす。手が娘に触れた瞬間、娘の顔は苦しみにゆがむ。

## 第五場

ヴォルフとヘルマの家。ひな壇。ヴォルフは床に寝転がって顔を地図で覆ってい

る。ヘルマはヴォルフの横の椅子に座って、公園を見ている。動物の鳴き声、コオロギの音。

**ヘルマ** 以前のあなたなら、私に星座を教えてくれた。
おおいぬ座のどこにシリウスがあるか、
シリウスにはどんな話があるかを知っていた。でも今は？
あなたはみんな忘れてしまった。そもそもまだ、
星空を見上げることがある？——
答えのないのも答えね。
私たちは公園の南側に住んでる。
あなたはほんの数分歩けば、
緑ゆたかな小川のほとりに出る。
以前のあなたなら、その川がとても好きだった。
そこに行かなくなって、もうどのぐらい経つかしら？
何ヶ月も経つわ。何ヶ月も前から、

あなたは暇さえあると、そこに寝ころがって、ぼんやり地図を見ながら、うたた寝ばかり。ヴォルフ！　私たちはこの公園を、何の関係もない場所だと思ったらいけないのよ！　一緒に行かなきゃダメ！　また一緒に公園へ行きましょ！　お馬鹿さん……以前のあなたなら、フランス革命をいくらでも説明してくれたのに。今は、いつ起こったかすら知らないみたい。何にも知らないのかも。貴重な考えの素がたくさん無くなったみたい。私たち二人とも良い家の出でしょ。どうして、世界史や宇宙の基本的な知識を忘れちゃうの？　今ならあなた、高校の卒業試験にも落ちるわよ。今のあなたなんて、小学生の知識すらないんだわ。

**ヴォルフ**　そもそも何でフランス革命を覚えていなくちゃならないんだ。

**ヘルマ**　ウンザリなんでしょ。

何もかも、ウンザリなのよ。

星だってそう。だからもう、何も覚えてないのよ。あなたには全てが多すぎるの。

**ヴォルフ**　星なんて、誰にだって多すぎるさ。

**ヘルマ**　それじゃあ昔は？　最初の人間たちは？　彼らだって、何とかうまくやったじゃない。

物語やメルヘンを発明して、大空が頭の上に落ちてこないようにしたのよ。

**ヴォルフ** 今日は何曜日？

**ヘルマ** 火水曜。

**ヴォルフ** （飛び起きる）カスイヨウって？

**ヘルマ** 火曜か、それとも水曜。

**ヴォルフ** じゃあ、そう言えよ。謎かけみたいに言わないでくれ。

**ヘルマ** 正確には分からないの。

**ヴォルフ** 君と話すと、何曜日かって簡単なことすら、ちゃんと通じない。それなのにフランス革命みたいに遙か昔の話なんて、どうして、そんな気になれるんだ。

**ヘルマ** 前なら、フランス革命だって、まるで昨日のことのようにあなたは説明できたのよ。

**ヴォルフ** フランス革命がまるで昨日起こったみたいに説明するとしたら、それは重大な間違いだ。昨日起こった訳じゃないんだから。

**ヘルマ** それじゃあ、いつ？　え、何年に起こったの？　言ってごらんなさいよ！

ヴォルフは沈黙する。

**ヘルマ**　ずっと昔でしょ、え？　ずっと昔のこと。あなたの決まり文句。
**ヴォルフ**　僕の決まり文句？　いつからだ？
**ヘルマ**　前からよ、ずっと前から！
**ヴォルフ**　正確に言え、いつからだ？
**ヘルマ**　あなたがお馬鹿さんになってから。
私たちが本を読まなくなってから。
もう旅行をしなくなってから。
私たちがもう私たち二人でなくなってから。
**ヴォルフ**　正確に！
**ヘルマ**　あなたがデムーランをダントンと間違えてからよ。[★17]
**ヴォルフ**　ああ、気付いてたのか。じゃあ、君がフランス革命について覚えてるのはそれだけってわけか。
**ヘルマ**　なんで気付いてちゃいけないのよ？
だってその小さな間違いの鐘が鳴ったとたんに、フランス革命の話も鳴りやんだのよ。

**ヴォルフ**　デムーランとダントンを間違えるのは、残念ながら小さな間違いじゃない。

**ヘルマ**　何ですって！　それなら、その二人に何があったの？　話してちょうだいよ！　その二人は何をしたの、え？　どうなのよ？

**ヴォルフ**　僕は二人を混同したのさ。

**ヘルマ**　でも本当にそれだけ？　本当にそれだけなの、あなたが二人について知ってることって？　あの二人の……あの大バカの！

## 第六場

公園

公園の夜のカフェ。ティターニア以外の全ての登場人物が一人で、あるいは何人かで小さなテーブルに座り、くつろいでいる。ただ宣伝営業マンの流行男と失業中の建築家である伊達男の二人だけが、熱心に話し込んでいる。

**伊達男**　鼻の付け根から上なんだ。言っとくけど、薬は飲んでない。そう——頭痛なんだ、言っとくけど、もう目も動かせないほどだ。頭痛なんて知らなかったのに。何年も前から頭が痛かったことはなかったんだ。[★18]

**流行男**　（熱心に）症状は？　どんな症状なんだ？

**伊達男**　見えるだろ！　しわがこの目の上に垂れてくるんだ。

（流行男は立って、医者のように瞳をのぞきこむ）顔中がつっぱって、引き裂かれそうだ。耳鳴りもヒドイ。脳に響くんだ。

**流行男**　何か思い当たる節はあるのか？　顔面神経なんとかとか——えーと、顔の筋肉がダラッと垂れてくることはあるのか？

**伊達男**　疑いはあるんだ。

**流行男**　疑いが**ある**！

**伊達男**　そう、危ないんだ。前にやった腕の病気と同じだとすると——

**流行男**　腕がどうしたって？

**伊達男**　両腕だ！　我慢しようったってできなかった！　叫んだり、わめいたりした、腕を切り落としてくれ、もう我慢できないってな。シュティーアマイヤー病院に行ってたんだが、あそこはダメだ。後で分かった。注射ばかりする。馬じゃあるまいし。どうして包帯を換えてくれないか、俺は知ってる。分かるか？　新しい包帯が足りない、だから換えなかったんだ。そういうこと。どこか良い医者を知らないか？

**流行男**　腕はどの医者にかかってたって？

**伊達男**　腕と同じ病気なら、もうオサラバだって思ってる。おしまいだよ。

**流行男**　外国に行ったのか？

**伊達男**　外国？　いや、行ってない。そんなんじゃないんだ。

**流行男**　（ヒソヒソ声で）感染症なんだろ！

**伊達男**　ふん、政治家なんて、しょっちゅう外国に行ってるぜ。

**流行男**　そう。でも連中は君よりずっと安全な旅をしてる。それでどこの医者に行ってたんだ？

**伊達男**　マインツァー通りのジネケーって医者だ。ジーノって呼ばれてる。あのエルケを知ってるよな、そこでアシスタントをやってる。

**流行男**　（突然立ち上がって、自分のコートに向かう）

これ君の役に立つんじゃないか。

（歯ブラシを渡す）ほら！　今朝、代理店に売りに来たんだ。これ使って歯医者みたいに、歯の間をきれいにしろよ。九十八マルク。ドイツ中どこを探しても、絶対売ってないシロモノだ。電池やバッテリーは使わず、直接二二〇ボルトに差し込む。違う違う、つまった尿道をこれで通すんだ。（振り返る）おっと、ちょっと声が大きすぎた……あれ！　もう壊しちゃったのか！　こりゃダメだ！

**伊達男**　何だよ、ただの新しい歯ブラシじゃないか。

**流行男**　ドイツ中、どこでも絶対売ってないのに。

**伊達男**　何言ってんだ?!　どこにでもある歯ブラシだ。電動だから、磨き方が強いだけだ。

**流行男**　あーあ！　もう壊しちゃって。もうダメだな。どこにも売ってないのに。（花瓶の横に虫を見つける）見てみろ！　ハネムシだ！　この虫は飛べずに跳ねるだけだ。この虫を見ると、オフクロが必ず言ってた。さあさあ早く、お利口虫ならお支度お支度、遅れちゃいけない、お逃げよお逃げ。

**伊達男**　君には年寄りは扱えない！　何もかも取り上げるのはダメだぞ。この間も彼女にメッケル通りの家から手をひかせた。また聞いてきたんで、新しい物件がある、後ろが公園に面している家だから、よろしいでしょう、今度一人で見にいらっしゃい、そう言っておいた。いやに高そうなシャツを着てるな。

流行男　え？　このシャツか？　これは十年前のだ。十年前。
伊達男　それじゃこれは？　君はいつも新しいものを持ってるな。
流行男　魔除けさ。ダメだよ！　触るなよ！　誰も彼もドイツから出ていこうとしてる。この国に残るのは首相と僕だけだ。
伊達男　船長とネズミは船に残るのさ。
流行男　は、ネズミね！　そりゃ、僕じゃなくて君だ！　これからますます悪くなる一方だ、景気はな！
伊達男　ＴＷＡの社長[19]——
流行男　Ｐａｎ Ａｍ[20]もそうだ。年々十億ドルの赤字——
伊達男　ＴＷＡの方がずっと大きい会社だぜ。シカゴだったか、社長は秘書にコーヒーを持ってくるように言って部屋から出して、その直後にズドン！　頭に一発、ズドン！
流行男　フランクフルト新聞？
伊達男　いや、ニューズウィークだ——
流行男　だったらフランクフルト新聞の記事はもう古いな。
伊達男　いずれにせよ、僕は君みたいなＢＭＷマニアじゃない。

**流行男** 冗談じゃない！　ポルシェ・マニアだろう、君は！

**伊達男** だったら君は——君のは——

**流行男** まあ、よそう。

**伊達男** じゃあやめよう。でも君は僕と違って、いつもいろんな金づるを持ってる。ＢＭＷ以下の車には鼻も引っかけないじゃないか。

**流行男** 僕らには、いずれビックリするようなことが起こるだろう。いやになるよ、時の経つ速さには。三日前の二二日だぜ、僕らがマインハルトを埋葬したのは。

**伊達男** 今日は二五日か？

**流行男** （時計を見て）二六日だ。やれやれ、三年てのは三十六ヶ月だよな——

**伊達男** 三年で、払い終わるのか？

**流行男** 三十六ヶ月は一四四週だ。

**伊達男** 毎**週**かよ？

**流行男** 生き延びるのに精一杯さ。

伊達男はメガネを外す。

**流行男** メガネはきれいにしとけよな。塩水につけておけ。

**伊達男** この鼻の付け根なんだ。原因は何千と考えられる。遺伝かもしれない。

**流行男** 腕はどこで診てもらったんだ？

**伊達男** マインツァー通り。ジネケー医師だ、ジーノって呼ばれてる。

**流行男** よく聞けよ！　いい整形外科医を知ってるんだ。

**伊達男** 整形外科！

**流行男** そうだ。僕の話を信じていないな。

**伊達男** 僕の顔と整形外科は関係ないだろ。僕が必要なのは神経科医だぜ！

**流行男** じゃあだめか。

**伊達男** やれやれ。どうせ、もうすぐお陀仏だ。僕らにはなんの関係もない。というか、関係はおおいにあるんだが、あと二、三年がせいぜいだな。

暗転

# 第三幕

## 第一場

ゲオルクとヘレンの家。ソファー、テーブル、椅子。公園に面したベランダ。左右に廊下。

**ゲオルク**　どうして君、あの若い黒人に、あんなに攻撃的になったんだい？

**ヘレン**　どの黒人？

**ゲオルク**　さっき、バスの中でさ。

**ヘレン**　私、ニグロって我慢できないの。

**ゲオルク**　でも、何もされてないだろ。

**ヘレン**　何もされてないですって？　あのくさいニグロのブタ。ズットアタシノ膝ニサワッテンノヨ、「キミハ、ナンテ可愛イ、小サナれでぃナンダ、かっかスル写真ヲ見セテクレ、チョット俺ノあれヲ見テクレ」――虫ズガ走ッタワ！

**ゲオルク**　まだ若いから、身体で遊んでるんだ。バスが揺れるんで、ちょっと大げさに動いたんだろ。

**ヘレン**　腐ッタ汚イ手ヲあっちニヤッテヨ、ブッタタクワヨ！　にぐろノ雌犬ノがき息子！　アタシニ触ルンジャナイ！

**ゲオルク**　ねえ、いいかい？　黒人の若者にあんなひどいことを言うなんて、かなりの重大事だぜ。相手が大人しく聞いていたのが驚きだ。[★21]

**ヘレン**　（わざと哀れっぽく）アノれでぃガ僕ヲ突キ飛バシタ！　僕ガサワッタッテ言ウンダ。デモ僕ハ決ッシテ彼女ニ触レテイナイ！

**ゲオルク**　降りる時に、彼、君に向かって舌を出していた。子供みたいに。

**ヘレン**　ああいうニグロのガキたちにも、他のちゃんとした乗客と同じように振舞ってもらわなきゃ。同じバスに乗るんだから。

**ゲオルク**　君は一体どうしちゃったんだ？

**ヘレン**　別に。ニグロは劣等なのよ。

**ゲオルク**　本気でそう信じてるわけじゃないよな？

**ヘレン**　本気よ！　証明済みだもの。ニグロは他の人間より陰険で、怠け者で、暴力的なの。

**ゲオルク**　くだらん！

**ヘレン**　くだらなくないわ！　私はニグロの中で育ったの。自分が何を言っているのか、ちゃんとわかってる。

**ゲオルク**　ヘレン！　君は理性的な女性だ。僕らは二十世紀の終わりに生きている。この時代のあらゆる問題について、君は理性的な意見を持ってる。その君が、有色人種は劣等だなんてことを急に言い出すなんてありえないよ。

**ヘレン**　有色人種なんて言ってないわよ。私はニグロが嫌いなの。中国人はしたたかで、我慢強く、よく働くわ。

**ゲオルク**　やめてくれ！　もういい！　充分だ！

**ヘレン**　あら、そう。私は別に自分の確信するところを押し通そうとはしてないわ。でも自分の思いを追い払えと言われてもそうはいかないわ。

**ゲオルク**　君は今日はイラついてるよ、ヘレン。

ヴォルフが来るからかな、ちがうか？
さて、僕はもう行かなければ。
僕が事務所に行かなきゃならない時に、君たち二人が会うように按配してるんだ。また二人で楽しい午後を過ごしてくれたまえ。これからも、ずっとこうだといいと思ってる。これまでも僕の願い通りだったとすればだがね。でも、戻ってきた時、まだヴォルフに会えるかもしれないな。最近、ヴォルフと僕とはすごく分かり合えるんだ。君の最愛の二人の男どものハーモニーはすごいよ——もっとも君は、僕ら二人が一緒のところを見ると、その度に涙ぐむけどね。「君の最愛の二人の男ども」って言っても、君は何も言わないんだね？

**ヘレン**　必要ないからよ。あなたは分かってるもの。

**ゲオルク**　僕は分かってなんかいないよ！
（立ち上がって出かけようとする。）それじゃあ……

**ヘレン**　ゲオルク？

**ゲオルク**　何？

**ヘレン**　私たち順調よね？

お金の心配はないってこと。
**ゲオルク** もちろんだ。どうしてそんなことを聞くんだい？
**ヘレン** みんなが将来のことを嘆いたり心配したりするのを、よく聞くからよ。
**ゲオルク** 確かにその種の心配はないけど、でも――
**ヘレン** ある日、私たちにも突然、
危機が……なんてイヤよ。
お願い、今までよりももっと目を開いていてね。
圧倒的な成功を続けることが、今、
大事だって気がするの。
あなたもそう思わない？　何か不安はない？
守りは確か？　裁判で負ける率は高くない？
ちゃんとした依頼人を確保してる？
訴訟はちゃんと労力に見合ってる？
**ゲオルク** でもヘレン、どんな不安があるんだい？
**ヘレン** 私は成功への欲求が強いの。

成功に飢えているのよ！

**ゲオルク**　君もまた何かを始めればいい……

**ヘレン**　いいえ、あなたがやるのよ。強いあなたが欲しいの。
ほかの誰よりも賢くて、素敵なあなたが。
あなたの中に潜んでいるすべての力を感じたい。
あなたは有能でなければダメなの、すっごく有能で！★22
敗北も、衰退も、不安定もダメよ。
いい？　あなたにはウンと沢山を求めるわ。
私の夫の条件は、常に勝利する人、もっともっと強く、
どこまでもますます強いこと。私をつかまえて、
私を幸福にして、私を打ち負かして――私を永遠に愛して。
それから沢山のお金よ、ゲオルク、子供のための、
教育のためのお金、私たちのための、老後のためのお金、
美のためのお金、お金よ！

ゲオルクはヘレンに近づく。彼女は、あたかもぶたれるかのように、腕を上げて顔を防ぐ。しかし彼は彼女を抱きすくめる。

**ヘレン**　（笑う）椅子で！……椅子の上で！

突然キュプリアンが部屋の中に現れる。

**キュプリアン**　何をしてるんだ？　頭がおかしいのか？　私は戦争で片耳を亡くした。猿どもはみんな死んだ。草もみんな死んだ。あんたらのせいだ。届け出義務が出たんだぞ。ここに道路は建設できない。市民自警団に届け出なければならんぞ。手を離せ！　手を離せと言ってるんだ！

**ゲオルク**　あなたは誰だ？　ここに何の用だ？

**キュプリアン**　あんた！　あんたは母なる自然と共に住み、駅に立っていた。私はあんたを映画館で見た。そう早く行かないでくれ。私も傷痍軍人なんだ。これはデータ保護によって決められていることだ。そうだとも！　やめるんだ！　おしまいだ！　乱用だぞ！

**ヘレン**　（泣きながら）誰か！　助けて！

**キュプリアン**　（笑う）違う違う。ただの冗談、冗談。

わしはどうも道に迷ったらしい。

**ゲオルク**　何てことだ！　とにかく出て行ってくれ！

**キュプリアン**　こういう現代風のバイオ住宅というのは、どこまでが公共の庭で、どこからがプライベートなのか、さっぱりわからん。門のようなものすらない。

**ゲオルク**　（ヘレンに）またゲートを閉め忘れたな。

**キュプリアン**　（キュプリアンを後ろに誘導する。）こちらにどうぞ……

昔の中国人は、地球上が魔法の道で縦横に覆われているのを知っていた。きっと、そのうちの一つが、あなたたちの居間に通じていたのだ。今度、調べさせてみよう。

ゲオルクが戻ってくる。

**ゲオルク**　公園はいつもおかしなのがうろついてる。

君がゲートをちゃんと閉めないと、ああいうのに家の中をうろつかれることになるんだ。

**ヘレン**　わかったわ、ゲオルク。

**ゲオルク**　それから……さっきの君の黒人への侮辱だけれども、あれは本気じゃなかったんだろう？

**ヘレン**　本気じゃなかったって？　そんな訳ないでしょ。

**ゲオルク**　でも、一体どこから、そんな憎しみが出てくるんだ？

**ヘレン**　知らない。頭の中に湧いてくるんだもの。血の中にあるのかも。

**ゲオルク**　以前、黒人に何かひどい目に遭ったことがあるのかい？

**ヘレン**　だってムカックじゃない。それだけじゃ足りないの？　ニグロは地上の悪よ。いずれ白人種を抑圧し、絞め殺し、踏みにじるわ。世界支配をもくろんでいるんだもの。魂なんかなくて、あるのは黒い身体と支配欲だけ。

**ゲオルク**　まあ、怠け者だとは思うが。

**ヘレン**　そうよ、怠け者の権力亡者。

**ゲオルク**　僕は弁護士だよ、ヘレン！　僕の職業は、弱い人や迫害されている人、少数者の権利を守ることだ。大家に対しては借家人を代表し、役所に対して外国人を擁護し——

**ヘレン** ええ、もちろん。素敵だわ。でもそれってニグロとは関係ないでしょ？　ドイツにはニグロなんてそもそもいないんだから、私たちがそんなに深刻になる必要はないのよ。だから別に言い争わなくてもいいの。片方がプロテスタントで、片方がカトリックを信じてるのと同じよ。それぞれ自分の信仰を大切にして、でも幸せな結婚生活を送ればいいの。

**ゲオルク** だけど人種差別者と結婚なんてできない！

**ヘレン** できるわよ。

**ゲオルク** 何てこった、何てひどいペテンだ……どうして前もって言ってくれなかった？　そんな病的な偏見を持ってるんじゃや、君は人前には出られないよ！　そういうことは、前もって聞いておくべきだった！

## 第二場

公園内にある家の入り口。月の光。ティターニアが「別の時代の女」として、遠くから操られているように、ゆっくりと歩きながら、家へ向かう。スカートの擦れ合う音。伊達男が家の中から出てくる。黒い上衣、帽子、メガネ、杖用の傘。入り口の鍵を慎重に閉める。その間にティターニアは彼の後ろに立つ。彼はティターニアに挨拶して、その場を去る。ティターニアが取っ手を握り、戸を開け、家の中に入る。伊達男は振り向き、戸が半分開いているのを見て、頭を振りながら戻り、鍵を調べ、再び戸口の鍵を閉めて、出かけようとする。が、突然立ち止まり、「私の家で何をしようというんです?」と言う。彼は戻り、戸の鍵を開け、中に走り込む。その直後に長い叫び声が聞こえ、男は少年に戻る。ティターニアが十歳ぐらいの少年を腕に抱えて戸口に立つ。少年は伊達男の縮小版で、同じ黒っぽい服、帽子、メガネ、傘。ティターニアはその小さな男を砂場まで運び、サーカスの幕の中が見えるように座らせ、右手のヤブの後ろに消える。

## 第三場

下手から、流行男とぬいぐるみを抱えた娘が来る。

流行男　あなたは他の人間たちみたいにゴツい出来じゃありませんね。優しい肩胛骨をしている。
娘　人間の肩胛骨はもともと退化した翼なの。
流行男　おやおや、本当かなあ？
娘　もちろん、本当よ。

彼女はジーンズのポケットから塩の瓶を取り出し、口の中に塩を振り入れる。

他のみんなはトータル・オーケーで大人。私だけがいつも塀の外を走り回ってる。
流行男　（神経質に）フムフム。
娘　私はまだ新入りだし。何をすればいいのかな。かなりいい感じはしてるけど。

**流行男**　フムフム。私が期待しているのは、一般的な不安という背景に対抗するような、心の温かさです。破壊衝動、希望の無さ、燃えるダンボールや燃えるタイヤ——

**娘**　私は自分の力をただ自分にぶつけているだけって感じ。

**流行男**　フムフム。

**娘**　(塩を口の中に振り入れる。)

塩だったら、スプーンで何杯でも食べられるよ。

**流行男**　フムフム。誰かがいつか、あなたの口にキスをするだろうに？(クスクス笑う。)

**娘**　私の見てる世界は、一方が巨大なエンジニア世界で、もう一方が可哀想なブタどもの、ショボくて、ちゃちな世界。

**流行男**　フムフム。我々は何らかの進歩は遂げてきた。例えば衛生面は、そう簡単には昔に戻らない。

**娘**　衛生学。テロ。でも、皮膚の表面に出て来る疥癬とか、ジュクジュクとか、カサカサとか、原始の森みたいなヤツは、それとは何の関係もないのよね。

**流行男**　フムフム。

二人はヤブの前に来る。流行男は周りを見回す。

**娘**　今朝、また夢を見たんだけど、
親子とか親戚とか、全部廃止されちゃってんの、徹底的によ。みんなどっかで生まれて、そしたらすぐに社会に出て行くの。家族なんてもう、実際には感じられなくて、あるのはただ緩やかな友人仲間とか、仕事仲間とか、教育仲間とか、住居共同体とか、そういうものばっかりなの。

**流行男**　悪夢だ！

**娘**　そうかな、そうとも言えないわ。
いくらかの真理は込められてるんじゃないかしら。

**流行男**　血縁はいないの？

**娘**　私？　いるわよ。もちろん。

娘が再び塩を口に入れようとした瞬間、流行男は彼女を生け垣の中に引きずり込む。

**流行男** おいで、汚れちまったミッキーマウスちゃん……君をヨーロッパで一番の美女にしてあげよう。大人しくしていれば！　君をとびきりエレガントなレディにしてあげる……何でも言うことを聞いてあげよう、でもフザケて私をバカにしたら、[★23]サンザンな目にあわすからな！　今は私の誇り高い王女様だ！　プライドを高く持っていなきゃダメだ、誇り高く、そうだといい、そうだとすれば――

流行男は、痛そうな声を出して黙り込む。娘はヤブから這い出て、メガネを掛け、ぬいぐるみを持ち、衣服の土を払う。

**娘** くそったれデブ。

右手から三人の若者、綱で出来た大きな網を持っている。

**若者1**　つかまえろ！　例の昔女を捕まえるんだ。

**若者3**　さあ、一緒に行こうぜ！　あのオバハンを捕まえて、博物館に売るんだ！

**娘**　いやよ、興味ない。

**若者3**　あの女、こいつに手紙を書いてたんだぜ。

**若者2**　それが空からぶらさがって、雲の間に、大きな手紙で、それが突然、草地に落ちたんだ。公園を走り抜けていって、読もうとした。けれども字が大きすぎて読めない。木に登って、上から読むと――

**若者3**　わかるか、何て書いてあったか？　こいつに会いたいんだと。ニコに！　二人きりで……でも俺たち全員で行くんだ。さあ、あの獣を捕まえてやる。

**娘**　夢でも見てるの。消えてよ。

若者達は左手に去る。娘は右手に去る。ニワトコの茂みから流行男が顔を出し、辺りを見回す。うめきながら、「急いては事をし損じる」というようなことを言う。ヤブから這い出し、服を整える。

**流行男**（独り言）私ハ私ダ。

どうも謎だな。いつもキチンとしてる人間が、ちょっと楽しもうとすると、どうして、こんな滑稽でこんがらかったことになるんだろう。ここで出会ったのは中途半端な衝動と、猜疑心と、セックスだ。その先はますます込み入ってくる……いかんな！　あの子は魅力的だったじゃないか。後になると、どうして、こうも批判的になるんだ？　どうして仲のいい恋人同士が、後からダマシ合うようなことになる？　こういうのを名付けて、抽象化っていうんだ！　再び二本足で立ったら、そのとたんに、頭の中には言葉以外の何もなくなる。平らな大地で、安んじて、素早く、喜びを持って何かを摑むと、それがもう強烈な概念になってるってわけだ！[★24]　わざわざ自分の頭を痛めて考えねばならないなんて、一体どこのどいつが、そんなことにしちまったんだ！　あの娘のやり方ときたら！

後ろへ行く。砂場の端にいる小さな伊達男が、甲高い「イー」という小さな声をたてる。[★25]　流行男は立ち止まり、耳をすませ、それから小さな伊達男の方に行く。

**流行男**　どうした、ボウズ？　まだ起きてるのか？
なかなかイキな格好だな。今晩はまだ何か予定でもあるのか？

子供は小さく「イ」と言う。

どうした？　見せてみろ……何てこった、伊達男じゃないか！　一体、何があったんだ？　やれやれ、聞こえるか？　どうしちゃったんだ？　後遺症か、後遺症——となんでもない後遺症だな?!　終わりだってのはコレか、ついに来たんだな。やられっちまった。こっちへ来い、医者に連れてってやる。全く、何てことをしでかしたんだ?!　泣くんじゃない、ボウズ、一緒にいてやるから。助けてやるよ。見事にそのまだな。年よりボウズ！　知り合いの整形外科に連れて行こう……くそ、整形じゃダメか。別な所でなきゃ。でもどこへ行けばいいんだ？

伊達男の手を取って、生け垣の後ろに去る。

# 第四場

左手からゲオルクとヴォルフ。

**ヴォルフ**　そりゃダメだよ、ゲオルク、厳しすぎる。君は彼女の顔をちゃんと見ていない。なんと言ったってヘレンは特別なんだから。

**ゲオルク**　特別ね。その特別が特別厄介に変わったんだ。彼女の奇妙さが僕を苦しめる。頑迷なんだ。頭の中に虫が巣くってる……外から見ると美しく新鮮なのに、内部では害虫が芯を食い荒らしているんだ。彼女の腐った偏見が、僕に毒を盛るんだ！

**ヴォルフ**　君は彼女を批判してばかりだ。君は驚いたのさ。落ち着きと褒め言葉で彼女を支えてやらなきゃ。彼女は、たった一人ほったらかされて、恐怖に満ちた子供の世界を生きてるんで、黒人男を怖がっているのさ。君は深刻にとりすぎだよ。

**ゲオルク**　僕のヘレンは消え失せて、退化している。毎日毎日、彼女は僕から遠くなり、僕の話もわからない。そして最近じゃ、ささいな日常の問題を話しているうちに、魔に魅入られたように、彼女のゾッとする偏見が乗り移ってくる！　僕は誰と結婚したんだ？　思い違いとそのゴーサインが、僕を悪しき妖精の手に引き渡したんだ。思い違いとそのゴーサインだ、そうに決まってる！

**ヴォルフ**　僕から見たヘレンはそうじゃない。彼女は普通じゃないけど——貴重で、珍しい——奇跡のような存在だ！

**ゲオルク**　（ヴォルフにすがりつく）僕を善良な社会に戻してくれ！　善良な社会に、ヴォルフ！　もう、これ以上半獣人たちとつきあうのはごめんだ！　効率万能主義者や贅沢病患者に囲まれているより、妖怪や妖精と暮らす方がいい。心理学者や裁判官や教育者といっしょに人間でいるより、ハチになった方がまだマシだ。いっそのこと蚊になって、やつらの膨れた唇をブスッと刺してやりたいよ！　愚鈍と腐敗にまみれて、鳥カゴほどの狭い場所で、ぬくぬくと国の補助金頼りの成り上がりになるくらいなら、まだ幼いくせに、人生に疲れてトロンとした目つきの幽霊子供になるくらいなら、おばあちゃんの瓶詰めのなかの妖精の方がマシだ。これから先もあの連中とまともに出くわすんなら、連中のウンコのウジ虫になった方がマシだ。分かるだろ、僕はもう誰とも理解し合えないんだ。毎晩カフェに座って、友だちをコキ下ろしてばかり。まさに最愛の人たちにズケズケ悪口を言ってる。こっちでは向こうの悪口を言い、向こうではこっちの悪口を言う……嘘と偽りだけが人を結びつけ、偽善だけが人を宥和に導く。ねえ、君！　この突然の絶望はどこから来るのだ？　こんなギラギラする光りの中で、ものを見たことはなかったよ。ヴォルフ、僕ら二人は今こそ結束しなければ。分かるか？　君は、僕が素直に信頼できるただ一人の人間なんだ！

**ヴォルフ**　それでヘレンとはダメなのか？

**ゲオルク**　ヘレン、ヘレン！　僕と会うと、君はそればっかりだな！　君は挨拶するやいなや、僕の服から彼女の香りをかごうとする！

**ヴォルフ**　そんな悪趣味なことを言うんなら、一人で嘆いていろよ。

**ゲオルク**　ヴォルフ！　待ってくれ。僕が何をしたか知ってるか？ ビデオ会社を立ち上げたんだ。

**ヴォルフ**　広告関係の男と失業中の建築家と僕の三人でだ。

**ゲオルク**　何のビデオ？

**ヴォルフ**　リゾート地の短い案内ビデオを作るんだ。紙はますます不足してくる。これからは、旅行社で高価な色刷りパンフレットをもらうんじゃなく、僕らのビデオを無料でレンタルするようになる。「エルバ島」って言えば、すぐにエルバ島のビデオ案内が見られるんだ。
だけど僕は何をやってるんだろう？　何も考えてないんだろうか？

**ヴォルフ**　ようやく金儲けに目覚めたんじゃないのか。

**ゲオルク**　僕らは目を覚ましていると思うかい？　なんだか**僕らは**眠ってるみたいな気がする。目覚めているのは僕たちでない何ものかで……誰も僕らを——誰も僕らを起こしてくれない。だって、僕らはこの眠りに拉致されてしまったのだ。目覚めは存在せず、いつまでも変身が続くだけだ。★26
僕らと並んでうろついてるのは夢魔や死者の霊で、そいつらが僕ら健全な市民と同じ権利を持ち、強い影響力を行使してる！　夜も昼も、死者たちと生者たちは仲睦まじい社会を作っている。まさに同じ穴の狢だ！
ヴォルフ、僕らの情けない頭は今や原始の亡霊を呼び込んでいる。全くもってクダラナイ！　僕が結婚したのは誰なんだ？

**ヴォルフ**　そうだよな。会社の設立者ってのは、立ち上げたとたんに、足下をすくわれるんだ。
そして地の底に引きずり込まれる。

# 第五場

キュプリアンとヘルマが公園で出会う。

**キュプリアン**　やれやれ、やっと見つけた！　あちこち探し回ったおかげで、知らない家に入ってしまったよ。

**ヘルマ**　例の立像、持ってきてくれた？

**キュプリアン**　まあ、そうあせらずに。どうしてアトリエに来なかったんです？

小さなロケットを、包んであったハンカチから取り出す。

**ヘルマ**　見せてちょうだい。これは何？

**キュプリアン**　わかりませんか？　女が一人、壁に閉じこめられて、首だけ出して叫んでいる。白い壁から突き出た叫ぶ女の首。

**ヘルマ** 効きめはあるの?

**キュプリアン** そりゃあ、もう。

**ヘルマ** ゾッとするわ。

**キュプリアン** 返して下さい!

**ヘルマ** ダメよ! きっと立派な芸術作品よね、よくわからないけど。私には必要なのよ、どうしても。お金を受け取ってちょうだい。キュプ……どうやって作るのかしら、こんなに表情豊かに! 首に掛けるの?

**キュプリアン** そう、しっかりと。

**ヘルマ** それで? どうなるの?

**キュプリアン** 人を呼び寄せるんです。何人でも好きなだけ。男を。選び放題だ。

**ヘルマ** 私は夫をとり戻したいだけ。

**キュプリアン** 大丈夫、きっと戻って来ますよ。あなたのはオリジナルだからね、大抵は機械で作ったコピーだ。

**ヘルマ** こういうのって、今、世界中に出回ってるんでしょ? ほとんどペストね。

**キュプリアン**　お子さんはいるんですか？

**ヘルマ**　いいえ、残念ながら。

**キュプリアン**　でも今や、泣き喚く坊主を持っている。（ふたりは笑い声）胸にぶらさがって、ウンともスンとも言わないけど、それは叫び声を上げている。それは何か？……そう。今我々は一緒に笑っているけれども、明日になれば、あなたは釘の出た棍棒で私に殴りかかるでしょうよ。

**ヘルマ**　誰が殴りかかるですって？

**キュプリアン**　あなたですよ、それとも、あなたみたいな人。

**ヘルマ**　何を言ってるの？　狂ってるわ、病気よ！

上手に走って去る。

# 第六場

草地の土手。ティターニアが、地面に固定された網に捕らえられている。娘と三人の若者。若者2と娘は並んでいて、少し離れた下方に若者1と若者3。

**若者1** （若者3に）寒いのか？　俺のセーターを着なよ。

**若者2** （娘に）人は正直でなきゃ。毎朝自分の悪い所をつつき出して、投げ捨てろ。

**娘** そんな簡単にいきっこないわ。

**若者1** （若者3に）気分が悪いのか？

見張りを代わってやろうか。

**若者2** 完全に正直でいたら、いずれトップに行ける。ごまかしは一切なし。自分に対して澄み切った水のようでなきゃ、氷のように冷たく澄み切った水、そこが肝心で、そうならなきゃダメだ。自分で自分を完全に受け入れようと思うならな。

**娘** そりゃそう。だったらあんたチベットに行って、世界の屋根から石を一つ放り投げて、その音を聞いていりゃいいわ。石が下へ下へと転がっていく音、下へ下へとどこまでも転がり落ちていく音を。

**若者1** （若者3に）ミグズ[★27]のエンプティ・ラヴは好きかい？　俺のカセットをやるよ。

**若者2** 例えば、人間のセックスだけど――

娘　うわ、また始まるの。

若者2　そうじゃない、マジだ。それに関しては時には目をつぶることも必要なんだ。いつも童話の王子様が来てくれるわけじゃないからな。

娘　そうよね。でも、あたしは決めたの。だって、オーケー、この雨の中を私一人で行くわ、って自分に言いきかせたなら、このクソ忌々しい問題で、何か不思議な動物に出くわすなんて期待しなくてすむもの。

若者2　でも俺の方が君に出くわす可能性だってあるってことも、考えてくれよ。それだって、不思議な動物みたいなもんだろう。

若者3　一度、カヌーでアイルランド巡りをしたいな。

若者1　それが望みなら、みんなで一緒にかなえてみようよ。

若者3　俺たちにカヌーを借りる金なんてないよ。

若者1　壊れたのを見つけて、修理すればいいじゃないか。

娘　まったく逆の決断を下してもよかった。オーケー、結婚するわ、って言ったってよかった。姉さんがそうしたみたいに。それとも、誰だっけ。希望はみんなあるし、誰しも望みは持ってる。そういうものよね。

# 第七場

ヴォルフとヘルマの家のテラス。椅子が二脚。スリップだけを身につけたヘルマは、家へ入る通路の壁によりかかって、煙草を吸っている。

**ヴォルフ** それでヘレンの機嫌はどうだ？

**ゲオルク** 悪くない。いいよ。とびきりだ。
完全に一種の政治的醜語症に罹ってる。

**ヴォルフ** 何だそれ？

**ゲオルク** 四六時中、反動的で卑猥な言葉ばかりを口にする病気さ。きれいな女と結婚したと思ったら、黒人排斥のクー・クラックス・クランの女だったことが判明したわけだ。

**ヴォルフ** 病気ならいずれ治るだろう。

ヴォルフは空になった瓶を持って家に入る。

**ゲオルク**　（ヘルマに）裸みたいな格好でうろついてるんだ。
**ヘルマ**　暑いもの。
**ゲオルク**　ここにきて座りなよ。

彼は親指を立てた右手こぶしを椅子の上に置く。ヘルマはそれに目を向けず、ゆっくりと座りながら、

**ヘルマ**　その汚い手をどけて。
**ゲオルク**　裸か、いかにも今風だ、全くの今風、そうだろ？

ヘルマは煙草を吸う。

**ゲオルク**　それで？　汗かいて、震えて、キーキー言って、全て順調か？　え？
**ヘルマ**　ええ、全て順調よ。

ヴォルフが戻ってくる。ヘルマはヴォルフに近づく。ヴォルフは左手をヘルマの頬に、右手をヘルマの腰に置く。ヘルマは顔をヴォルフの手に寄せて、ヴォルフを見つめる。それから突然、ヴォルフの手に噛みつき、その手を獲物のように口にくわえる。

**ゲオルク** 今日は夏至の前夜の聖ヨハネの夜だ。
沈んだ船が海底で回転する。
馬がしゃべりだす。
恋人達が夏至のたき火を飛び越す。
病気の女どもが朝露の中で転げ回る。

## 第八場

草地の土手。音楽。雄牛の鳴き声。ティターニアの下方で若者1が眠っている。

サーカスの幕が翻って土手の上に広がり、捕らえられたティターニアを覆う。雄牛の角が幕を貫く。幕が落ちてきて、元に戻ると、ティターニアは斜面に立っている。縛っていた綱はほどかれ、ボロボロの服をつけている。

## 第九場

ヘレンとヴォルフが右手から公園に入ってくる。

**ヘレン**　（地面を指さす。）あれは何？

**ヴォルフ**　奇妙だけど、たんなる染みだ。[★28] ひょっとするとカッコウの唾かな。いずれにしろ、自然の中では珍しくもない染みだ。

**ヘレン**　首吊り男の染みよ！

**ヴォルフ**　この近くに首吊り台なんか無いよ。だいたい木だって無いんだから、裸の空だけじゃ、首もくくれないだろう。

**ヘレン**　でもこれは首吊り男の染みよ！

だから一層呪わしいの。
こういう染みからはマンドラゴラの根っこが沢山、
五十個か百個も生えてくる。
それが皆、首吊り台の小人なの。だから
ここいらの出生率は五倍か八倍ぐらい
跳ね上がるわけよ。

**ヴォルフ** 君はまぎれもなく迷信の塊だな。まるで過熱したピストンみたいだぜ。これは全く
持って消えかけたカッコーの唾さ。

**ヘレン** カッコーの唾ね！　は！　じゃあ、これは何だと思ってるの？　カッコーは木から唾
を吐くの？

**ヴォルフ** どうだかね。とにかくカッコーが出した何かだろう。

**ヘレン** あらあら、実にナンセンスだわ！
カッコーの唾って呼んでるのは、コオロギの幼虫が身を守るための泡なの。小さい幼
虫が植物の汁を吸って栄養にして、蠟状の分泌物を作る。それを液状の排泄物と上手
に混合して、そこに空気を入れて膨らませて、その泡で自分の身を守って成虫にな

るのよ。

**ヴォルフ**　本当かよ、それともまた魔女のタワゴトなのか？　実際、僕は子供の頃からずっと、この染みは名前の通りだと信じてきたよ——

**ヘレン**　子供っぽい迷信だわ！　ほらね、自動車学校の先生、自分では子供っぽい迷信を信じているくせに、他人のことを迷信深いって言うなんて、どうなってるの？　彼は自分の語る言葉の意味を知らざりき、だわ。

生け垣の後ろに去る。

## 第十場

キュプリアンのアトリエ。

**ティターニア**　ダイダロス、雌牛も作れる？[★29]

**キュプリアン**　こんなところで何をしている？　呼んだわけでもないのに。自分の道を行きなさい、自分の作品を。驚かさないでくれよ。

**ティターニア**　あこがれよ、あこがれ！
聞いてる？

**キュプリアン**　あんたには、もう何も付け加えるものはない。私は新作に取りかかってるんだ。

**ティターニア**　なお私を支え、守ってくれるのは官能の乱れ。なお私を包み込むのは、狂気のような
息の霞。我に返ると、
私の心はもう耐えられない……ダイダロス、
私は雄牛を求めて狂いそうなの！

**キュプリアン**　私が何て名前だって？
月のティターニア、あまりに遊びが過ぎる。
おかげでメチャクチャだ。
色んな姿ばかり考え出すのは良くない。
あなた様の高貴な行動が起こす深刻な結果を考えなさい。
何かをなす度に、ひとつの掟が残るんだから。

**ティターニア**　それは分かってる。

お説教はたくさん。
立像作家さん、あなたはダイダロスではないの？

**キュプリアン**　私はキュプリアンです。キュプでもいいです。

**ティターニア**　さあ、おいでなさい。隠れていないで。
あなたは最近、生きた人形と
色々なかわいいおもちゃを作って、
クレタの王ミノスと子供たちを喜ばせた人。
それから糸をつけたアリに巻き貝の中を通過させた人でしょう……[★30]
ああ、**私を**助けて！
私は哀れに発情した女よ。
私は体中から叫びます、
あの白い獣が欲しい！
雄牛が欲しくて、苦しいほどに身体が火照る！
アソコが雌牛のみたいに膨れてる。
すべすべのバラ色の皮膚が、

見るもいやらしくまくれあがり、ネバネバの粘液は、
もはや女のでなく、もうほとんど雌牛のもの！
私の口は熱く、しゃべる気も失せて、雌牛そのもの！
ああ、苦しい、苦しい……もうダメ、血がざわめく、
ビンビンに感じて、
いつまでも震えが止まらない、止まらない——
私に雌牛のお尻を作って！
もう我慢できない、そうでないと雄牛が来ない。
こんな人間のヤセッポチな姿では、
雄牛はちっともそそられない。

**キュプリアン** あなたがまだ覚えてるかどうか、
私も素晴らしい人間を狂おしく求めて、
みごとに無視されたことがある。

**ティターニア** あなたには私の苦しさが分かっていない。
人間は欲望について何も知らないのよ。

**キュプリアン** 私があの黒人を求めていた時、
どんな気持ちだったか、思い知るがいい。
**ティターニア** 作るお尻は大きく、丸く、
苔のようになめらかで、でも不細工でなく！
愛しい方のお腹は雪のように真っ白、
首にはヒヤシンスの花束、
額は大理石のようにつややか。
ダイダロス、私は恥ずかしい。
どうして、私はこんな狭苦しい女の身体をしてるの？
こんな半分死んだヒドイ身体を
神獣に捧げなければならないなんて！
**キュプリアン** 以前は、こういう大きな彫刻の方が上手だったのに――
**ティターニア** 雌牛よ、空洞の雌牛！
**キュプリアン** ダメ、ダメ。私はオーベロン様に仕えている身だから……
**ティターニア** 中に潜り込んで、骨組みの中にしゃがみこんで――

**キュプリアン**　運がよければ何とかなるか。
でも私はオーベロン様に……

**ティターニア**　痩せすぎてるところには、柔らかい布を詰めるの。

**キュプリアン**　その代わりあなたの黒人を私にゆずってくれますね！

**ティターニア**　黒人、黒人……
何のことだか、サッパリわからない。
それが何だと言うの？
どんな若者も男も、もう二度と私の
気に入ることはない。今後、私、パーシパエーは、
家庭的なセックスなんかでは満足できない。

**キュプリアン**　ノーマンを私にくれて、今後
アレコレ言わないって、約束してくれます？

**ティターニア**　約束する。それが最愛のモノだったにせよ、
私が美しい雌牛になれるためなら、何でもあげる。
私が目にするのは、あの雄牛と同じように、ただ木と海と草原だけ。

私の夜はあの雄牛のように白い。
眠れぬ夜が暗い風景に光を当てる。
結婚式のまっ白い彼の姿が私の目をくらませる。
それでも、彼がまた来てくれるように、
私は**雄牛を**ウットリとさせてあげる、
角の先まで喜ばせて。
私の血の全てでわかるほど、
彼と一体化すること、それだけが私の願い。

## 第十一場

公園。ヘルマの腰から下が、木と一体化している。[★31] ゲオルクがその幹を抱いている。

**ゲオルク**　ヴォルフが愛しているのはヘレンで、君じゃない！

**ヘルマ** 君は人生で最良の時を無駄にしている。ああ、でも私は毎年花が咲いては、新芽を出すの。日陰を作って、新鮮な空気で、雨や嵐の避難所になる。ささやいたり、うめいたり。私に出来ないのは、ただ彼の子供を作ることだけ。彼に作ってあげられるのは、永続、しっかりした拠り所、壊れない信頼、健康な生活のリズム。私が老けて枯れたとしても、彼が怖れることはないのよ。だって、そういう過程を私は毎年辿るけれども、次の年には若返って彼のそばに立ち、彼の恋心を新たにかき立てるんだもの。だから彼は今、おかしな、ゴツゴツした、しわがれ声の老女を、こわがらなくてもいいの、そうよね？

**ゲオルク** 僕がヘレンと結婚した時は、正気じゃなかった。身体しか見ていなかった。彼女の身体はきらびやかな町の門みたいで、そこを通る時には輝きと栄光にあふれているけれども、門の後ろには陰気な町しかないんだ。考えられる限りの最も惨めな巣だよ。落胆を通じて、ほとんど突然に、僕は大人になった。ようやく理性と喜びの感情とがひとつになった。君の方がずっと素敵な女性だ。僕には君こそが必要なんだ。

**ヘルマ** 私が愛する人を引き留められなかったからと言って、あなたにまでバカにされる筋合いはないわ。

**ゲオルク**　バカになんかしていない！　僕は君に夢中だ。君の口、君の目、君の悲しみ。君の顔が僕の顔に重なる。僕が笑ったり、口をとがらせたりする度に、僕は君であると感じる……ああ、君が僕の目の前に漂う！　君の手を！　ちょっと休まなければ。愛するってくたびれる。

ヘルマが木から消える。直後にヘレンがヤブの右手奥から登場。

**ゲオルク**　僕がどんな夢を見たか、わかる？
裸足の君が麦畑を、
麦の穂の上を歩いている。
そんなにも君は軽やかに、楽しそうに遠ざかって行く。

**ヘレン**　誰だか別の人のところで見た夢のくだらない話なんてしないでよ。

**ゲオルク**　君はもう完全に孤立無援で、狭い偏見の中に捕らわれてる。

**ヘレン**　あなた全部錯覚だったって言うつもり？

おかしいんじゃないの。昨日まであんなに愛しておいて、今日は見捨てるなんて。何か悪意が働いていているんだわ。いじめとか、卑しい下心とか。

**ゲオルク**　それってまさに**君**のことだろ！　前は思いやりがあったのに、突然、性格が変わって、親密な二人を仲違いさせたり、逆にそれまで互いをクールに見ていた無関係の人間と愛し合ったり。

**ヘレン**　愛し合ったりしてないわよ！　いいわ、彼女の所にお行きなさいな、さっさとどうぞ！　一山幾らで手に入るものだって、あなたには見つけられないでしょうよ。

**ゲオルク**　彼女の悪口は止めてくれ。それで君自身の価値が高まるわけでもなし。

**ヘレン**　私と一緒だと、あなたスゴイことをやってのけなきゃならなかった！　あなたのために、誰も見たこともないようなスゴイものをたくさん用意してあった。それなのにあなたは弱っちくて、私をわかろうともしない。あなたが選ぶのはみすぼらしい小川、せこい隠れ家、夜の食卓、自動車の計器板——

**ゲオルク**　考えようだよ、ヘレン。

確かに僕は君の影響から逃れることは出来なかった。君を抱くと、すぐに君の混乱した考えを共有したくなってくる。いつだって一つになりたいと思うからさ。君が大きな声で話すことの多くを、僕は静かに一人で考えてもいるんだ。でもやっぱり、僕の考え方は君のとは逆なんだ。それから僕が口を開くと、僕の話はバランスが取れている。僕の言うべき事は、この世の中に合わせてある。僕の仕事がそれを要求しているんだよ。君は君の心をたえず深めようと努力できる。僕は職業人だ。僕は役立つ人間でなければならない。だめだ、ヘレン、僕らはうまく行かなかったようだ。結局、僕は君を理解できない人間なんだよ。僕の両手が摑む君は、一体何者なんだろう？　僕がキスをする君の唇には、どんな禁じられた考えがあるんだろう？　君は毎日少しずつ後ずさって、僕個人が入りこみたくもない所へ行ってしまう。昨日は人種に怒り、今日は神様に信心、明日は中世の迷信と魔術、もしかして明後日はカニヴァリズムか。

**ヘレン**　僕らはうまく行かなかったようだなんて、ズルイ言い方ね。でもあなたは恋に落ちたのよね。それってうまく行ったのかしら？

二人は左手のヤブの後ろに去る。上手からヘルマが登場。

**ヘルマ**　この飾りは私に何をしたのかしら？　急にみんな私のところに来るようになったけど、それとともに猜疑心も苦しくなるほど膨れあがって、どこかに誤魔化しがないか気になって仕方がないの。あたしそんな真実病患者なんかになりたくないわ！　思い違いをしているか、だまされている方がましよ。ああ、ダメね。それだと、元の木阿弥だわ……

右手ヤブの後ろからゲオルク登場。

**ゲオルク**　「誰が鳩とカラスを間違えるだろう？」って言うだろう？　君は柔らかで丸っこくて愛らしい鳩じゃないのか？　君と二人だけでいると、僕には言いしれない満足感がある。君にはわかるはずもないが、僕の欲望はどれほどひどく君をバラバラに切り刻んだことか。僕の心の目に映る君は、切り刻まれた部分だけ、手の触れてはならない箇所、乳房、股、尻だけだ！　頭も足も切り離されてる！　どんな殺人鬼も、僕の盲目の空想ほどひどい快楽殺人は犯さなかった。

**ヘルマ**　何を言ってるの？　怖いわ。
私の望みはいつも、
夫のヴォルフを幸せにしたいってことだけ。

**ゲオルク**　だけどそれだけは無理だよ！
この間ヴォルフに聞いたばかりなんだ。「君は何も感じないのか、
僕がこんなに夢中になってるのに、
ヘルマの――あのモノに？」すると彼は「別に、何も感じない。
そう、僕にとってはもうとっくに何の関係もないものだ、マスタードとか階段とかと
同じだよ」だってさ……人間って、何て残酷になれるんだろう！

右手ヤブの後ろからヴォルフ登場。

**ヴォルフ**　ヴォルフ！　僕の親友にふさわしい名前だよ。
聞いてくれ、君の性悪のヘレナをお返しするよ！　もう彼女はいい。目からウロコが
落ちたんだ。彼女じゃないって！　僕の気持ちに地滑りが起き、突然彼女は消えた。

彼女の何を見ていたのか、よくわからない。謎だ。すまない。君に含むところがあったわけじゃない……でも今は自分の家に戻る方が、ずっと幸せだ。

**ゲオルク**　君はヘルマの所にいたいのか？

**ヘルマ**　（独り言）こいつは都合が悪い。（ゲオルクに）彼を信じないで！　口先だけ。言葉で遊んでいるの——あなたと同じよ！

**ゲオルク**　僕は口先だけじゃない。**奴**とは違ってね。

**ヘルマ**　あなたたち二人して、こんな茶番のケンカの振りなんかして、後でヘレンのベッドで盛り上がるってわけ？

**ゲオルク**　もう一度聞くが、君はこのヘルマの所にいたいのか？

**ヴォルフ**　まさにその通り。僕のヘルマのもとに。ヘルマとならうまくやってゆける。こんなことは誰に対しても言えることじゃない。

**ゲオルク**　うまくやってゆける！　それが君の「愛シテイル」のなれの果てなのか？　何て情熱だ！　何てパッションだ。ヘルマ、この心半分の出戻り野郎の言葉を聞いたかい？

**ヘルマ**　心半分だって何だって、私は万歳を叫びたいわ！

**ヴォルフ**　もう探すのは疲れたよ。自分の本領がどこか、やっとわかった。これからはみだらな欲望は捨てて、ケナゲに自分の小さな王国を守る。

**ゲオルク**　君の王国なんて、君のおっ立ったペニス以上の大きさだったためしはないじゃないか。それをここで作りなおせるはずがないだろう。僕の言うことを信じろ。

**ヴォルフ**　こんなに美しく、暖かな身体を持った女性で、しかも芯がしっかりしていて、円熟した女性を妻に持つのがどういうことか、君には分かっちゃいない。しかも彼女は賢く、機敏でもある。僕のような男に、これ以上が望めるだろうか？

**ヘルマ**　ああ、そのヘルマという女性と、せめてお友達なら良かったわ！

**ゲオルク**　そんなこと、君から説明してもらわなくたっていい！僕の方こそ、この人には、ずっと前から、君以上に深いきずなを感じてるんだ……

ヘレンが右手のヤブの後ろから登場。

**ヘレン**　きずな、きずなって？　菜っ葉の話でもしてるの？★32

**ゲオルク** ……君が今、箱から飛び出る悪魔みたいに急に現れて、ヘルマをびっくりさせたり混乱させたりする振りをするなんて、フェアじゃないよ。君の魂胆は見えすいている。要するに、そう簡単には何も僕の手に入れさせたくないだけだ。

**ヴォルフ** ほお？　君の言葉の裏を知らないとでも思ってるのか！　君とヘルマね、恥を知れよ！　愛する君、こんな奴の言う事は信じるな！　分かってるんだ。（ヘレンを指して）彼女が目当てなのさ、決まってる。見せかけだよ。彼女を嫉妬で刺激しようとしてるんだが、それにも裏があって、そうやって彼女の度し難い考えを捨てさせようと、それが一番の目的なんだ。

**ヘレン** 嘘よ。私の方がわかってるわ、残念だけど。仕方がないから恥をさらすけど、彼はいつも自分の考えで動く人で、振りとか目的なんてどこにもないわ。本当に心からあなたが欲しいのよ。野良犬が空腹の振りなんかしないように、この人もそんなことしないわ。

**ヘルマ** あなたも同じ穴の狢？　あなたたち三人でグルになって、みんなで私をバカにするのね？　こんなヒドイことするなんて、ヘレン、私があなたに何をしたわけ？

ヘレン　ええ？　あなたこそ、私から最愛の人を奪って、そのくせ侮辱された振りをするの？

ヘルマ　それは違うわ！　あなたこそ私に彼を押しつけたんじゃないの！　みんな振りばっかりして、私もあなたたちみたいに気がヘンになれっていうのね！　それもこれも私が一番バカにされてるからだわ、もうこれ以上バカにされないわ。

ヘレン　興奮しないで！　全部コップの中の嵐みたいなつまらない話じゃないの。その主人公が――あなたってわけ。

ヘルマ　かわいいだけのそんな顔より、私の方がもっと大変なのよ！　私って、あなたたち三人の媚薬でしかないの？

ヘレン　心配しないで。私の方こそ、ずっと前からあなたたちの媚薬みたいなものよ。

ヴォルフ　ストップ！　今こそ告白する。ヘルマ、私の妻、君こそ僕が唯一愛する人だ。

ヘレン　彼女をからかうのはおよしなさいよ。

ヘルマ　そらね、二人はグルでしょ？　あなたもそうだわ！

ヴォルフ　誓うよ、僕は君に夢中だし、君への愛にかけては、彼よりもずっと経験豊富だ。

ヘレン　（ゲオルクに）あの人、私にはあんなダルイ誓いは立てなかったわ。

**ゲオルク** うるさい！　口を挟むんじゃない！　この……黒ん坊のパン助め！

**ヘレン** （叫びを押し殺す）

**ヘルマ** 落ち着きなさいね。彼はあなたの気持ちを刺激したいだけよ。あなたが欲しいのよ。

**ヘレン** は！　この恋泥棒！　私より彼を知ってるって言いたいの？

**ヴォルフ** （ゲオルクに）ちょっと言い過ぎじゃないのか？　そもそも何が望みなんだ？

**ゲオルク** 放っておいてくれ。君は自分のことにだけかかずらっていればいいんだ。そうすれば、最後には、みんなうまく行くはずだ。

**ヘルマ** 私はあなたの味方なのよ。お豆の支柱みたいなガリガリさん、あなたはそれにちっとも気付かないけどね……

**ヘレン** 馬糞みたいにまん丸なあなたが、どんなおためごかしか知りたいもんだわ。

**ヘルマ** 私は私なりにご同慶の至りよ、何しろウンザリした男たちがあなたのネクラな心に魅力を感じて、洗濯板みたいなガリガリのお尻だって目に入らないんだから。

**ヘレン** ガリガリですって！　何回も言わないでよ！　ありがたくて退屈な話のお礼に、二、三発お見舞いしたげるわ！

**ヘルマ** 助けて、男二人で、彼女を止めて！

ヘレン

あの人が私よりガリガリだからって、
私があの人みたいに逞しいとは思わないで！
男たち？　男たちを呼ぶの？　は！
女をどう愛するか、それを学びなおすためには、
男たちはまず戦争するしかないの！
もう一度女を感じるようになるためには、
男たちは国を建設し、死と触れ合うしかないのよ！
あなたたちは敵同士でしょ？　敵同士じゃないの、
ここで、この女をめぐって。どうして戦わないの？
相手を打ち負かしたくないの？
相手を地面に投げ倒したくない？
勝利の中で勝ち取った女の愛がいかに甘いものか、知りたくないの？
ナンテコト、何モデキナイノネ、デキナイノネ、
オシャベリデ折リ合イヲツケルンダワ。
だって今は、妥協してばかり、

骨も髄も男の軟骨も、
フニャフニャなのがいいんだって、
それが平和に腐りきった時代。
腐ってる！　腐ってる！　腐ってる！

**ゲオルク**　女！　よく聞け！

いますぐ、ここから消え失せろ！

俺の近くになんか、いてほしくない。

発すべき言葉は、離縁しかない。

夫として、同胞として、自分の人生を極右の狂信者に預ける義務はない。お前は狂っている！


**ヘレン**　私はずっと、あなたについて来たわ、愛ゆえに。

私が狂ってしまったからって、文句を言わないで。

最初はあなたに従っていて、いつの間にかそれが広がっただけなのに——

私は何の感情も抱かずにあなたから離れるわ。今は、この狂気を注意深くこの町から運び出すつもりよ、狂気は、このしっかり密封された容器の中に閉じこめます——あなた方が狂気から守られるように。

杜廊の左手からオーベロンが呼ぶ。「キュプリアン！　キュプリアン！」すると舞台の左半分が明るくなる。草原の土手に血で汚れた白いシーツ、その上に雌牛の尻をつけたティターニアが横たわっている。周りに三人の若者、娘、流行男と小さな伊達男、黒人の若者。ヘルマ、ゲオルク、ヴォルフがゆっくりとそちらに近づく。ヘレンはヤブの上、壁の張り出しに座ったまま。ティターニアはシーツの上で、無力にはいずったり、滑ったりしながら、あえぎ声を上げる。「子供たちを追い払って！　子供たちに私を見せないで！……」

キュプリアンがそれらの人々の中に登場。

## 第十二場

**オーベロン**　キュプリアン！　お前は何をしでかしたんだ？
家中に芸術家の不手際の悪臭が満ちている！

何もかもみな失敗ではないか！
すべて支離滅裂だ、見るがいい！
本物の愛を咲かすはずの花が黒ずみ腐っている。以前は互いを好き合っていた者たち
が、今では互いに誤った気持ちで押しのけ合っているぞ。

**キュプリアン** 人間どもは欲望の喜びをダメにしてしまった、そうお嘆きになったのはあなた様では
なかったですか？
私はあなたのご命令を聞いて、ちょっとしたモノを作りました。
あなたのお考えに従ったまでです。

**オーベロン** キュプリアン！　お前は何をしでかした？
秘密の手段を大人の人間で試し、
それを世界中に広めるよう、
お前に命じたのは誰だ？
ただひとつの任務を実現させようと、
私はお前にとびきりの能力を授け、
ある秘密を教えてやった。それをお前は許可無く使い、

自然の霊を
大衆向き商品に作り替えたのだ。

**キュプリアン** 自分の能力を活用せずに葬れとおっしゃるのですか？
天才なのにムダに馬齢を重ねよと？
私はかつてあれほどの効果を発揮したものを
次々に活用しようと努めていると、
そうお考えになってはいただけないのですか。

**オーベロン** お前はやってはいけなかった。禁止してあったことだ。
狼藉者のお前は私の信頼を乱用したのだ。

**キュプリアン** 狼藉者、狼藉者って大げさですよ。
私が慣れてるのはもっと素朴な道徳です。

**オーベロン** そんなことは分かっている！　お前は
自分が植えもせぬものを手に入れ、
種を撒かなかったものを収穫している。

**キュプリアン** 私はそれでもやるべきことはやりました。

オーベロン　私がいなければ、あなただってあの一件じゃ、二進も三進も行かなかったはずです。

お前のせわしない才能が呪わしい。

何の意味も、深い目的も問おうとしないのだから。

魔除けよ、失せよ！　お守りもだ！

墓場に投げ捨てよ、善良な者たち、

良からぬ流行には終止符を打たねばならぬ。

誰に全てを元に戻させればよいか？

キュプリアン　何を間違えたとおっしゃる？　ベストを尽くしたのです、ご主人様！

オーベロン　お前のベストとやらが、まさに不都合なのだ。

誰かの中にある薄暗い太古の時代に触れようとしても、

その者が太古を生きることができないかぎり、ムダなことだ。

衣服と精神が人間をがんじがらめにしているかぎりは、

むきだしの欲望を人間に呼びさますことはできない。

生まれるのは奇妙な出来損ないだ。

愛ではなく、もっと別の、もっと怪しげな発火点が燃えはじめなければ、誰の心に火をつけることもできない。

**キュプリアン**　人生の秩序が失われたからって、私には何の関係もありません。
しかたのないことです。私は日々を楽しくする無数の眼差しを、
人々に贈り続けて来ました。
みんな喜んでいます。
私もみんなに気に入られれば嬉しい。
この地上では時間が支配しているのです、ご主人様。
そして私は、アッと言う間に過ぎ去る時間の仲間なのです。

**オーベロン**　ティターニアを血なまぐさい神話へと追いやってしまった！
過去から使わされた怪物である彼女を、
しっかり鎮めて、厳粛に押さえつける代わりに
野生に返してしまった。
お前の巧みな支えがあったからだ！
そしてあれは吠えている。傷つけられ、雄牛を求めて……
ああダメだ！　私が見たかったのは、結局は幻だった、賢明な欲望だった。みだらに

身体をまさぐり合うことではなかったのだ。

キュプリアン　私は喜んであなたにお仕えします。けれどもご主人はあなただけではありません。今の私は群衆の僕でもあるのです。
新しい主人である群衆にも、
従わなければなりません。

オーベロン　成功欲だけか。お前にまだ技量があるのなら、これからはそれを活かすがいい。
もうお前に力を行使することはやめる。
力に関する契約も破棄だ。
というのも、キュプリアン、私はお前を首にするからだ。
そして、お前が作りだした全てのものから魔力を奪う。
これからの展開は、私が責任を負うことにしよう。
ふたたびオーベロンに戻れぬ危険は覚悟の上で、
今の立場を離れ、
不幸な者たちの一員となって、
この悲しい出来事に介入するのだ。

私の力と名声と威信よ、消えよ。

私を神たらしめている要素よ、
彼女のいる人間界に溶けてゆけ。

うまく行けば、ティターニアもまともになるだろう。

うまく行かなければ、私はキュプリアンに出会ったように、自分に出会うことになろう。

そして自分を首にするのだ。


オーベロンは消える。草地の土手から、全員がゆっくり、それぞれの方向に去る。ティターニアは、まだゆっくり這い回っている。ゲオルクがヘレンのそばを通りかかる。

**ヘレン**　ゲオルク！
**ゲオルク**　何だい？
**ヘレン**　すべてが元のままであってくれるかしら？

**ゲオルク**　ヘレン……

**ヘレン**　いいのよ、いいの。

暗転

# 第四幕

## 第一場

翌朝、草地の土手。ヴォルフとヘルマが抱き合って寝ている。やや奥に、軽やかなコートとモダンなワンピースを着たティターニアが座っている。彼女の横には雌牛の張りぼてと古風な歴史を感じさせる衣装とが置かれている。ティターニアは驚いて、これらの残留物に何度も目をやり、立ち上がり、間近に眺めては、また腰を下ろす。

土手の上では流行男が眠っている。その横に元の大きさに戻った伊達男が座って新聞を読んでいる。上手からグレーの上衣姿のオーベロンが登場し、煙草を吹かす。彼は後ろにいる人々に頭を下げ、「ミッテントツヴァイ（仲裂）」[★33]と自己紹介をする。しかし誰も気にとめない。声が小さすぎるのだ。彼は煙草を持った手を上げ、あたかも独り言を言うように、「私の声は小さすぎる」、「まだ完全な調子じゃない」とつぶやいて去る。少し経ってからまた登場するが、今度も見向きもされない。「ダメだ。誰も聞いていない。私はまるで目立っていないのだ」。その間にキュプリアンが同様に上衣姿で現れる。巻き尺とハサミを手にした彼は、ヤブの小枝から始まって、ベルトの留め具まで手当たり次第に採寸し、余分をハサミで切り取る。「合わない」と服を評し、「これも合わない」と体型を評し、「なにひとつ合わない」と嫌悪感を表し、「どれも全く合わない」と言い、そして消える。……ティターニアは化粧をし、粉をはたき、髪をくしけずり、コンパクトの鏡で自分の顔を見る。ヴォルフとヘルマが目覚め、互いを見合って、抱き合っているのに驚いて離れる。

**ヴォルフ**　何が起こった？　どうして君は僕を抱いてるんだ？

**ヘルマ**　目が覚めると、あなたに抱かれていたのよ。

**ヴォルフ**　何があった？

**ヘルマ**　わからないわ。何かあったの？

ヴォルフ　こんなの初めてだ。
ヘルマ　酔っぱらっていたときだって。
もしかしたら何かあったのよ。
でも何も思い出せない。
たぶん何かあったんだわ。
でも頭の中が真っ白。

立ち上がり、自分の上衣を取る。

ヴォルフ　首に何を掛けてるんだい。
ヘルマ　あら！……ああ、そう。これのことね。
ヴォルフ　ゾッとする！
ヘルマ　こういうのって、すぐに流行遅れになるんだわ。
ヴォルフ　捨てろよ。
ヘルマ　何よ！　これ高かったのよ。

**ヴォルフ**　捨てろったら！

ヘルマは首からもぎ取って、生け垣に投げ捨てる。二人とも退場。

流行男が伊達男の隣で目を覚ます。

**流行男**　おい、お若いの、朝っぱらから年寄りみたいに新聞で、何を読んでいるんだい！

**伊達男**　何にも分かりゃしないんだろう、え、小スズメ君？　また新しい野菜を作ったんだとさ。ナスとトマトの掛け合わせ、何でもくっつけて、兄弟にしちゃうんだ。

流行男は身を起こし、新聞の端をちらりと見て、また座る。

**流行男**　なあ？

**伊達男**　なんだい？

**流行男** 夢は終わった。分かってたよ、夢は終わるって。★[34]

**伊達男** どうしたっていうんだ？

**流行男** 驚きだ！　一瞬にして、かわいい小僧に夢中になってしまった！……赤信号で飛び出さないように、しっかりお手てを握っとかなきゃ。★[35]

**伊達男** 建築家は必要じゃないんだと。くそったれ。

立ち上がり、流行男に新聞を放り投げて、右手ヤブの奥に退場。

**流行男** おい！　短気だな！　待てってば！

伊達男を追いかける。ティターニアが生け垣に向かい、用を足すかのようにヤブの中に消える。キュプリアンが下手から登場。生け垣のそばに立つ。

**キュプリアン** オーベロン？　聞こえますか？　オーベロン？

**ティターニア**　いない。
**キュプリアン**　ティターニア？
**ティターニア**　いない。
**キュプリアン**　蜘蛛の巣、蛾、豆の花は？
**ティターニア**　ない、ない。
**キュプリアン**　ないって！
天、地、月光、
海の彼方や人の子は?!
**ティターニア**　ない、ない、ない、ない。

キュプリアンは右手に去る。若者2が後ろの土手によじ登る。ティターニアの衣装をなで、その上でオナニーをする。ヤブの前に娘が現れ、両手を横に、壁に突っ張るように広げて上げ、通りがかりの人間に毒づく。「ブタ！」「雌ブタ！」。順番に通りかかるのは、まずゲオルク、次にヴォルフの上衣を腕に掛けたヘルマ、最後にオーベロン。毒づかれた瞬間、彼らはつまづくか、脇に避ける。オーベロンはヤブのそばに凝固して立ちすくみ、顔を両手で覆う。若者2がティターニアのコスチュームを手に前に出てくる。

**娘**　ブタ！

**若者2**　静かにしろ。

**娘**　（オーベロンを指す。）こういう奴、あたしの親父！　マジよ！

若者1と若者3がヤブの後ろから現れ、オーベロンの上衣のポケットにライターで火をつける。

**若者1**　クソ親父、親父！

**若者3**　ヘイ！　親父、もう一本吸えよ！

**若者1**　ほら、親父、一本吸えったら！

**若者3**　（焦げた生地にビールをかける。）もう一杯飲めよ、親父！

**若者1**　ビールをもう一杯だよ、親父、いいだろ！

娘　ニコ！　頭平気なの？　平気じゃないよね！
この子、あの女のスカートでイッてんだ！
スカートにドピュッて、サイテイね！

若者2　お前等、まんまとはめられたんだよな？
すぐに分かったさ。いつか急にひどい目覚め方をするってな。
むなしい、なにもかもむなしい。だが、待ってろ。
俺はあの女をよく知ってるんだ。
俺に手紙をよこしたんだから。

## 第二場

### 「トロイア」[36]

公園

荒涼とした広場。小さな三角形の地所、アスファルト舗装、黒赤金の格子垣。[37]
地面からラジオのアンテナが突き立っていて、その先に小さなドイツ国旗が結び付けられている。ヴォルフがアスファルトに耳をつけて、地面の下から低くとぎれとぎれに響く、アコーディオン音楽と政治演説の混じった音を聞いている。その脇の椅子には、膝にヴォルフの上衣を載せたヘルマが座っている。彼らの背後の格子垣から、オーベロン／ミッテントツヴァイが登場し、行ったり来たりしながら、タバコを吹かす。

**ヘルマ**　いい歳をした男が、自分の祖国に、これほどはまっちゃうなんてあり？　誰かが、ドイツの正調を響かせただけで、彼みたいな燃え尽き男が涙流して感動するって、一体どうなってるの？　私には絶対分かりっこないわ。「愛している、我が祖国よ、哀れな誇り高き祖国よ、愛している」……少なくともそんなのがまだあるのは、嬉しいわ。彼の心をときめかせるたった一つのモノが国家。それがなければ、彼の血潮は引いていくばかりだわ。彼にまだ何とか自分を取り戻させる唯一のモノが、あの特殊な振動音なの。少なくともそんなのがまだあるのは嬉しいわ。いつまで続くかは分からないけど。愛国主義者の早起きさん！　もし私がそばにいてあげなければ、彼の楽しみは半減する。彼が自分でそう言ってるの。結局、この世界には全くムダに生きてる人はいないってことね。あれが送られてこなくなったら、どうなるのかしら？　ずっと下のトロイアから、うんと深い層から、何の音もここまで響いて来なくなったら……！　その時は、私、彼を引き留めておくなんて無理でしょう。私は一人では無力だもの。手を差しのべ合うこともなくなるわ。でもこんなに何年も一緒なのに、どうして、手を差しのべ合わなければいけないの？　というわけで、私たち、もう何も与え合わない。彼は私に手を差し出さないし、私も彼に手を差し出しはしない。試しに真似をしただけでも、二人の仲は終わるわ。もしも私たち二人が手を差しのべ合ったら、その時、私たちの仲はきっと完璧に終わるって感じるわ。私には分かるの。終わり、おしまい。「さようなら、あなた」――「さようなら、お前」。握手の結果は、当然そういう調子になる。全く機械的に。何のためらいもなく。握手をしたら、そういう言葉が、まるで銀の泉のように私たちの唇から飛び出すの。そう。清らかな水のような別れ。「もしも」も、「でも」もない。だから彼がいつか転んで、自分で起き上がれなくなった時も、私は絶対、彼に後ろから近づいて、脇の下に手を入れて、膝を腰について引き上げるようにする。その光景が目に浮かぶわ。絶対に前から近づいて、手を引っ張って起き上がらせるなんてことはしない。前からだなんて！　大問題だわ。彼を真正面から見つめるなんて、もう、とてもできない。もう私にはありえない。でも、ああ、何てステキだったの、なんてかけがえのないものだったの、お互いの目を見つめ合うって——ああ、私たち、以前はなんて互いを受けとめあっていたことかしら！　二人だけの世界。でもみんな同じことなの、前から近づくのも、目を見つめあうのも、手を握るのも、さよならも、終わりも、おしまいも。一つがあると、次が続くの。ひとりでに、機械的に。私は私を守り、私たち二人は互いを守る。私たちはどこでもカラスのように並んで座り、同じ視界を分け合ってる。だから向き合うことは終わりを意味する。取り返しようのない終わり。もしもこの人と私が正面から近づくことがあったら、私にはわかるでしょう、もう終わりだって。ほんのちょっと目を合わせるだけで、それはもう旅立ちの確実なサイン。そうなれば、たぶんアッと言う間に進む。ちらっと見る、ほんの一歩だけ進む、握手する、さようなら。一つが起これば次々と。そして終わり、おしまい。彼が重い買い物袋を二つも抱えて戻ってきて、私がドアを開けてあげなければならない時でさえ、私はいつもうつむいて、そのいっぱいの買い物袋だけが大事だというような顔をする。もうとっくに、その準備はできてる。私は決して顔を上げないし、毎日欠かせない出来たてのメレンゲ・ケーキを忘れなかったかとは決して尋ねない。彼はそれを買うのを忘れてばかりいるけど、後でメレンゲ・ケーキがないって大騒ぎをするけど。彼に何か尋ねるなんて、それだけで大変！　それこそ制御不能の連鎖反応を引き起こす絶対確実な方法だわ。質問、まなざし、歩み、手、おしまい。でも、忘れがたい喜びになるでしょうね！　軽やかな現代風の柔軟な質問に、奥深く古めかしい答えが返って来る！　頭のてっぺんからつま先までの全身で彼の答えが感じ取れるんなら、私は何だってする。私の哀れな耳は真っ赤に燃え、雄鳥のトサカみたいに膨れあがるのじゃないかって、コワイ……でも、私の考えはどこに向かってるのかしら！　答えのほんのわずかな息吹ですら、厳密に終わりを意味する。終わり以外ありえない。だから彼に問いかけるなんて、我が身に起こりうる最後のことと言うしかないわ。二人にとって何かを語るのは、自分自身に対して語ることだもの。手があるとすれば、それは自分の手だけ。まだまなざしがあるなら、どうか同じ方向に向かってほしい。何かがあるなら、そういう具合よ。それ以外は全てが自殺行為。彼の声が聞こえる。彼は祖国に夢中。私は、私の声も彼に届いているはずだと思ってみる。だから私たち二人は、互いに無関係ってわけではないの。二人とも互いを、静かにソッとしておこうとしている。私は祖国を彼のような仕方で愛してるわけじゃない。私は彼を愛している。私たちに上手くやって行こうという気があるんなら、これからも今まで通りにして行く必要があるわ……

オーベロン／ミッテントツヴァイが垣根を飛び越しぎわに、親しげに、しかし声を出さずに二人に話しかける。ヴォルフは怖じ気をふるったように後ずさり、ヘルマの手を握る。

## 第三場

ヤブの前。黒人の若者が下手から登場。キュプリアンがポケットから箱を取り出し、それを開け、立像を取り出して、手のひらに載せる。

**キュプリアン**　見てごらん！　君にあげるよ。なかなかワイセツだろう？

笑う。

**キュプリアン**　実にワイセツだ、え？　君にあげよう。
君のために作ったんだ。ほら！

黒人の若者はキュプリアンの伸ばした手から人形を払い落とす。キュプリアンは驚いて、身をかがめ、人形を探す。

**キュプリアン**　壊れてしまった……（低い声で）この薄汚い犬野郎。

黒人の若者はキュプリアンの脇腹に足を当て、ゆっくりとキュプリアンをひっくり返す。

**キュプリアン**　やめろ、やめてくれ……金ならある。金だってある。
ほら、金だ、たくさんある。
さあ、来い、数えろ、金を数えてみろ！

若者はキュプリアンの脇にひざまずき、キュプリアンのズボンから金を取る。その瞬間、キュプリアンは大きなハサミを両手に持って、その先端を黒人の若者の首に押し当てる。

**キュプリアン**　さあ、さあ！

キュプリアンは若者の顔を下半身に押し当てる。若者はキュプリアンのズボンを下げる。

**キュプリアン**　早く、早くしろ！

突然、若者はキュプリアンの手をはねのけ、ハサミがキュプリアンの手から落ちる。若者は石を拾う。キュプリアンは両手で若者の首を絞める。若者は石でキュプリアンの顔を何度もなぐる。キュプリアンは頭を押さえ、足を乱暴にバタバタさせ、急に硬直する。黒人の若者は走って逃げる。

舞台はほとんど真っ暗になる。舞台右側が一瞬、明るくなる。ヘレンが今住んでいる郊外の家。殆ど何もない部屋、奥に砂を蒔いた道に通じるドアのない出口。左に窓、その前にテーブルが一つと椅子二脚。右の壁際に背もたれのソファ、ベッドのシーツが掛けられている。その脇の洗面台に洗面器と水差しの壺。黒いフード付きのアノラックで頭を覆った、黒いジーンズと黒い靴の男が一人、ゆっくりと部屋を出て、砂の道を去る。

ソファに横になっていたヘレンが身体を起こす。暗転。

舞台左側でヴォルフの叫び声。「彫刻家が殴り殺されたぞ！」若い声と年寄りの声の混ざったコロスが、スキーの長距離走を応援する激励に似た短いスタッカートで答える。「ホー・ホー・ホー・ホー・ホー！」だんだん大きく膨らんでくるコロスの声に負けじとばかり、ヴォルフが声を張り上げる。「お前たち、そこで何を叫んでいる？　意味がわからんぞ！」

コロスは哄笑に変わる。それから舞台左手が明るくなる。オーベロンが、死んだキュプリアンのそばに立っている。

**オーベロン**　こんなことを望んだわけではなかった、キュプリアン。
こんなことになるとは！
私には防ぎようがなかった。
私はもうお前の主人ではない。
今ではささやき声しか出せない愚かな同伴者だ。
もう何もできない。
私の考えた芝居は
私自身の退廃堕落を織り込み済みだ。
争いは終わった、ティターニア、愛は敗北したのだ！
時間の長い腕がお前を捕える前に、
時間から逃れるようにするのだ。
私はもう間に合わない。
私の力も私の名声も、空しいものでしかない。
私の顔は薄っぺらで当たり前で、
まるで紙で出来た仮面のようだ。

遊びあきた子供たちに投げ捨てられて、
風の吹くままにホコリにまみれた仮面のようだ。

## 第四場

ヘレンの郊外の家。壁中にわいせつな落書き。ヘレンはソファに、黒服の男は窓際の椅子に座っている。男の背中と、膝の上で組んだ骨の指だけが見える。★38

**死** 君が僕をここに来させたのかい？
**ヘレン** いいえ、私じゃないわ！
**死** ヘンだな。（立ち上がろうとする。）
**ヘレン** 待って。
あなたはいつも今みたいに恐ろしい姿をしてたの？
**死** （肩をすくめる。）
**ヘレン** 私に警告したいの？

もっといい人生を送れって？
もしかして、あなた私に……
何でもいいから、抱いてほしいの？

**死**　あまりしゃべることはない。何もしないよ。
私はただいるだけだ。いつだって、私は何の代理を務めるでもない仲間だった、だからいつも驚いていたんだ、どうして誰も私に目を向けようとしないのかと。

**ヘレン**　でもあなたは死よ。力を持っているわ。

**死**　そうは思わない。

**ヘレン**　あなたが小さくて、可愛い振りをしてるのは――
私を手に入れたいからでしょ？

立ち上がり、出口の近くに行く。

**ヘレン**　ここは静かだわ、ね？

**死**　確かに。

**ヘレン** とても静か。
毎朝、太陽があの丘を昇ってくると、あいかわらず考えるの、もうじき郵便が来る、すぐにお隣さんが起き出すって。でも、ここではそういうことは何も起こらない。太陽はあそこでジェットコースターみたいに空をかすめることができても、ここはいつも同じ、いつも静かなの。

**死** 確かに。

ヘレンは死の方へ振り向く。

**ヘレン** だったらあなたは無なのね。
おちびさん。

死はちょっとしのび笑いをもらしてから、肩をすくめる。

**ヘレン** 何て叫び声！　何て横柄な態度！

それから来るのよね——来るのよね
小さなお仲間が。

**死**　そう。その通り。

**ヘレン**　パッと燃え上がる炎はどこ？
パッと開くドアはどこ、悪魔はどこ？

**死**　そうだなあ。何ごとも考える半分ほどしか、ひどくはないよ、違うかい？

立ち上がる。

**ヘレン**　近寄らないで！

## 第五場
## 「そっくりさん」★39

回廊の上にティターニア。下の円形ベンチの前に白いスポーツ服姿の三人の若い男たち。男1はちょうど長い白いズボンを脱いでいる。男2はベンチに足をおいて、白いスポーツ・シューズの靴ひもを結んでいる。男3は脱ごうとしたセーターがちょうど頭を覆い隠している。ティターニアが上から話しかけると、男達はそれぞれの動作を中断する。

**ティターニア**　よく丸めた雪玉のようにそっくりなあなたたち三人の中に、私の恋人にして私の主人がまじっているの。そうやってそこにいると、誰が私の恋人なのか、私にはわからない。私の恋人は黄金の声と豊かな髪の毛の持ち主よ。見分けのつかないくらいそっくりな男の中に身を隠してるのは分かってるわ。さもなければ、とっくに見つけていたはずよ。私が探した限り、しかも私は怠けてたわけではないのに、そこの下にいるあなたたち三人のスポーツマンほど、そっくりな人を目にしたことはないの。だから、そこでズボンを脱ぎかけているあなた、まずあなたから口を開きなさい。

**男1**　僕は確かに黄金の声と豊かな髪を持ってる。けれども今まで一度も恋をしたことがない。だから該当しない。

**ティターニア**　靴ひもを結んでいる人、さあ話して。

**男2** 僕も黄金の声と豊かな髪を持ってる。けれども僕は家に養うべき妻と子供二人がいる。だから君が探しているのは、僕ではありえない。

**ティターニア** さあ、セーターを頭にかぶっている人、話すのよ。

**男3** 話す必要なんかない。だって僕は黄金の声じゃないから。

**ティターニア** もっとよく聞こえるように、セーターを脱いで。あなたは怪しい。私が探している人みたいだわ。

男3はセーターから頭を抜くが、腕はセーターの中に入れたまま。

**ティターニア** さあ、話して！

**男3** 僕は黄金の声なんてしていないから、その人であるわけがない。

**ティターニア** それで黄金の声じゃないですって！ そんなにシャイでいても、何の役にも立たないわ。他の人の前で自分を隠さなくてもいいじゃないの。髪もふさふさしてる。

**男3** まあね。でも君みたいな女性の恋人であるためには、僕は人見知りが激しすぎる。

**ティターニア** セーター男、ズボン男、靴ひも男！

あなたたちの一人に違いない。それは分かってる。でも私の見い出しえない喜びであるあなた、あなたは、嘘偽りで私の目をくらますことだってできるのだから、これ以上問いかけるのはやめます。警告を発しておくわ！　自分から姿を現して、名乗り出なさい。警告します。私にできないとでも。あなたがどんなに悪辣で、どんなに残忍で、どんなに臆病かを二人のお友だちに話してしまいます。あなたがどんなにひどい詐欺師なのか、それは彼らにも分かるはずよ！

**男3**　誰？　僕？

**ティターニア**　ほら？　すぐに観念するわね？……そこのあなた！　前に出て。あなたよ。他に誰がいるの？　顔を見なくたって、セーターで顔を隠して立っている様子から、すぐにあなただって分からなかったとでも思ってるの！　ああ、私のただ一人のあなた！

**男3**　よりによってなぜ僕なんだ？

**ティターニア**　は！　典型的だわ！　まだはっきり耳に残ってるわ。「よりによって、なぜ僕なんだ？」何度それを聞かされたことか！　あなたに、ワインを持ってきてとか、机に花を飾ってとか、何か頼み事をするたんびによ！　おお、私のかわいい悪戯っ子！

**男3** ちょっ、ちょっと待って！　僕がいつか君の恋人という立場に身を置くことになるにせよ、なぜそんなに執拗な嫌疑が、この僕に向けられるのか、全く腑に落ちないんだけど、いったい何で？　僕は、同じような他の二人と、どこが決定的に異なるんだろう？

**ティターニア** ズボン男！　その人を知っている？

**男1** その――セーターの人？

**ティターニア** そう。

**男1** さっき芝生の所で初めて会った。

**ティターニア** それじゃあなた、靴ひも男、ズボン男って誰？

**男2** 二人とも、さっき芝生の所で初めて会ったばかりだ。

**ティターニア** 全く！　あなたたちは私を混乱させるばかりだわ！　分からない、逃げ出した神のあなたをどうやって見つけ出せばいいのか！「アポロンが逃げて、ダフネが追いかけるなんて。話がアベコベ。」[★40] 私は私たちの争いを穏便に終わらせたいの。あなたを愛してるわ！

男2　えー……今度は誰のこと？

ティターニア　あなたよ！

男2　まさか、お願いだ、面倒はごめんだよ。

ティターニア　ズボン男！　質問があるの。はっきり、正直に答えて。全てがかかっているんだから。あなたは今まで一度も恋をしたことがないと言ったわ。さあ、私を見て。（コートの前を開ける。）私を見て。全てを見るのよ。見たい所をしっかり見なさい。そう。さて質問よ。私を恋することができる？

男1　ああビックリした。人間のカラダがこんなに美しいなんて。当然のことを言おう。僕は言う、できるって。

ティターニア　靴ひも男。あなたには妻と子供がいる。それでも私を欲しくはない？

男2　僕が嘘をつかない男だって君は知ってる——答えはこうだ、欲しい。

ティターニア　セーター。もしあなたが人見知りを忘れるとしたら——

男3　ああ、何てことだ！　もしも君が、もう少しでも僕に親切にしてくれるなら、すぐに言う。僕も君を恋する！——

ティターニア　あなたたちは三人とも、私を恋人にする気があるようね？

男1　そんな理屈っぽい質問はもうしなくていいよ。
男2　危なっかしく戯れる思考の種を僕たちの中に投げ込まないでくれ。
男3　僕たちは肉の焼ける香ばしい匂いを嗅いで、ゆっくりはいずりながら近づく。
ティターニア　あなたたちの中に一人、神に見捨てられた地上をうろつく卑劣な偽善者がいる。なぜならその人は、私から逃げた夫のくせにそれを否定して、すぐにでも恋をしたいと私に言い、誓いまで立てたのだから。チクショウめ、と言わせてもらうわ。それを今、彼が聞いているのはわかってる。その下に彼は立ってる。もうひとつだけ、私は彼の心の中心めがけて言いたいわ、聖ヨハネ祭の夜!★41 それだけ。彼は分かってる。お互いをよく見て! 今こそ、その人の顔は青ざめてるわ。

三人は互いに観察し合う。

ティターニア　そしてあとの二人は、笑いだしたくなるほどのそっくりさんぶりで、あの人を隠し守っているの? あなたたちをどうしてあげようかしら?
男3　僕は誰も守っていないし、誰も隠していない。信じてくれ!

男2　もしそいつを見つけたら、引っ張ってこよう！

男1　さてさて。あの人の声が回廊から響いてきた時、最初にビクついたのは君だったよな。

男3　その通り、ベンチがガタついたし、君の足も驚いてビクッとしたからね。

男2　いいかげんにしろよ！　上から声が聞こえた時、そっちこそ真っ青になったじゃないか。首筋が、君の着てる下着みたいに真っ白だったぞ。

男3　君だって僕と同じ下着だろ。僕を指ささなくたっていいじゃないか。

男1　諸君、僕は君たち二人を知らない。でもあの人が言ったことは本当だと思ってた。君たち二人は見違えるほどソックリだ。

男3　こともあろうに君がそう言うかね、あっちの彼とまるで同じ顔をしてる君が。

男1　そんな馬鹿馬鹿しい反撃をしても全然効果はないよ。良心的に言って、ここで唯一人、誰にも似ていないのは僕だけだ。

男2　それは違う。ここに来てすぐ、君とそこの彼は、まるで瓜二つだと思ったよ。

男1　こっちの彼は、僕が君のドッペルゲンガーのように君にそっくりだと主張しているが、君も僕と君はそっくりだと思うかい？

男3　いいや。全然似てなんかないよ。

**男1**　ほらな！　君が僕とは似ていないけど、こちらの彼とは双子みたいにそっくりだとすると、少なくともここで僕が君たちと取り違えられることはありえない。

**男2**　君の方こそ、彼とそっくりじゃないか！　彼が僕のドッペルゲンガーだなんて、全くそうは思わない。髪の毛一筋だって似ちゃいない。僕はここにいる誰とも似てないんだ。

**ティターニア**　お止めなさい！　私の秘密の皺まで知ってるくせに、それを知らんぷりしてる嘘つきを見つけることは、あなたたちにはできそうにないようね。このゾッとするくらいお粗末な男たちの中に、あの不実な人を見つけ出すのは私の仕事だということね。よくお聞きなさい。あなたたち三人とも、私を恋人にしたいと言ったわね、そうでしょ？

**男1／2／3**　そう、そう。すぐにも。

**ティターニア**　じゃあ、もし私が一人の恋人だけじゃなくて、下にいる他の役立たず二人の恋人にもなってあげたら、あなたたちみんな、どう振る舞う？

三人ともいぶかしげな拒否の音を発する。一人は「オー、オー」と言う。もう一人は歯から空気を漏らしながら、懐疑的に首をかしげる。三人目はいかにも失望したと言いたげに小さな舌打ちをする。

**ティターニア** それはいただけないって聞こえるわ。じゃあ、あなたたちは互いに競争して、最後に最も優れた人だけが私を独り占めすることになるけど、それでいいってことね？

男たちの同意のつぶやき声

**男1** 一言で言えば、私を求めて戦うのよ！　聞いておくけど、私を手に入れるために、ナイフを握って戦う覚悟ができてるのよね？

**男1** そこまではどうだか、なあ？

**男3** 絶対やるかどうか。

**男2** 今時そこまではやらないでしょ。

**ティターニア** そう？　私を恋人にできなかったら、あなたたちどうするつもり？　靴ひも！

**男2** そりゃ、こんちくしょうって思うわなあ。失礼。でもこんなすてきなものを取り逃がしたら、僕は手に入れるために全力を尽くさなかったんじゃないかって、きっと後悔するだろうな。

**ティターニア** ズボン！

**男1** さんざん努力したあげくにあなたを手に入れられなかったとなれば、こう言って間違いでなければ、きっとひどく侮辱された気になると思う。

**ティターニア** セーター！

**男3** 僕に聞くんなら、こう答えよう、彼女は夢に見ればいいじゃないか、って。もし他にどうしようもなければ、あなたのことを夢に見るよ、やむにやまれずに。

**ティターニア** それじゃ私を手に入れられなくても、あなたたちの誰一人、破局を迎えるわけじゃないのね？

**男1** 破局とは言えないだろうな。

**男2** 不運だよ、この上ない不運。

**男3** 残念だけれど、仕方ない。

**ティターニア** さて、私の幸運のかたくなな守護者であるあなた、彼ら三人はいま一つの口から語りました。それはあなたの美しい口、あなたの無慈悲にも疲れた口です。あなたを求めて呼びかけてもムダだということが、私にはよく分かりました。あなたの無関心には決して勝つことができません。私はもうこれまでです。あなたの姿は見分けがつかなくなってしまったので、あなたを見つけることはできません。だからあきらめます。あなたに会えなかったので、あなたに伝えなければならなかった最も大事なことを言うことができません。それはあなたしか知ってはならないことなのですから。信じてください。それは、気を引こうとする女が持っているつまらない秘密なんかではないのです。なにかを大事なものに見せかけてガッカリさせるものでもないのです。あなたへの贈り物は、あなたが役に立てることのできたはずの真実だったのです。本当にあなたの役に立つはずだったのに。もうこれ以上は言いません。空しい言葉だけじゃなくて、美しいもの、とても美しいもの、特別に美しいものもついていたのに……でも、あなたがそれを手に入れることはありません。あなたにキスを贈るわ。さようなら。

早足で退場。

男1　最後の言葉にはほろっとさせられたよ。

男2　僕もだ。それは認める。

男3　諸君、問題の男が、名誉の要求するところに従って名乗ることも、現れることもしないし、あの偉大な人の恋人だと、あるいは恋人だったと打ち明けないというのは、最低だ！　少なくとも名乗り出ることくらいできるだろう、それぐらいは！　後でどうしても否定しなけりゃならないのであれば、理由くらい見つかるだろうに。逃げるための抜け穴はどこにだって見つかるものだ！

男2　よりによって君がそんなに熱くなるのはおかしいって、君にだって分かるだろう。僕たちの中で最初から一人だけ本当に疑わしかったのは、君だったんだぜ。

男1　諸君、あの人は様々な苦難をなめてきたんだ。彼女には真の愛の殉教者ならではの力と美しさが備わってる。

男3　今になって、まるでのぼせあがったみたいな振りをするのは、もちろんごたいそうなトリックだ、と言わざるをえないね。ごたいそうなトリックさ、本当に。人生で一度も恋をしたことがなく、なのに恋なんかしていないと打ち明けもせずに何年もあの女と一緒に暮らした君が、今になってまるで別人みたいな台詞を吐くとは！

男1　黙りたまえ！　魚みたいな冷血漢が何を言う。君こそ、あの情熱的な人の身に降りかかり得た最悪の誤りじゃないか。ここのきちんとした男たちの間にこっそり潜り込んで、男のくせして、ウンともスンとも言えないじゃないか！

三人全員が回廊の下に来て、着替えをする。

男3　は！　簡単だよな、おとなしい人間をいじめるなんて、実に簡単だ。いつも何だっておとなしい人間のせいにされるんだ。僕はもうそれには慣れたよ……恋人がいたことがある。君たちにちょっと話をしたくなった。彼女は月に一回か二回僕を訪ねてくるんだが、マーブルケーキを土産に持ってきた。僕たちはそれを一緒に食べながら、赤ワインを何杯か飲んだんだ。分かるだろう、僕たちは一つの心、一つの魂だった。

男2　あのねえ、そもそも君は猥褻な気分になれないのか、そうなりたいと思わないのか、どっちだ？　外の芝生にいた時から気づいていたんだが、君は常に話を、筋をたどっていけばひどく猥褻な展開になるように持って行きながら、そのくせ最後には馬鹿馬鹿しいコーヒーやケーキの話なんかになるんだ。ここの三人の中では妻と子供のいる僕が、明らかに唯一健康な男だ。君、君はまだ一度も恋をしたことがないんだろう。それから君——君はおとなしすぎて、あの回廊にいた人みたいな女性にコートを着せてあげることもできないんだ！

**男1** 言い換えると、あの人の恋人だった男で、ずっと臆病な豚みたいに振る舞っていたのは、ただ一人っていうわけだな。

**男2** やめたまえ！　いちいち言葉じりをとらえることはないだろう。

**男3** そうしなきゃならないんだ！　僕たち三人のうちのひとりは、僕の出会った中で最も薄汚い詐欺師だ。そのならず者を見つけ出すのは努力しがいがあることだ。

**男2** もし僕が三人の中にいる最も薄汚い詐欺師なら、ベラベラしゃべるようなヘマをすると思うかい？　本当にそう思うのかい？

**男3** いや。そこまでは思わないよ。

三人は連邦国防軍の制服姿で回廊の下から現れ、客席に背を向けて舞台端に並ぶ。三人とも手を後ろに組む。真ん中の一人だけ、右手に手袋をはめていない。他の二人は頭をやや後ろに引いてその不安げな裸の手を見つめる。二人のまなざしは上へと移り、一人だけ違っている男の顔を刺し貫く。

## 第六場

公園の中、ゲオルクとヴォルフ。

**ヴォルフ**　（ゲオルクに双眼鏡を渡す）あの上の方に家が見えるだろ？

**ゲオルク**　ああ。

**ヴォルフ**　もうちょっと待って。すぐに灯りがつくから。

**ゲオルク**　ヘレンだ！……どこなんだ？　あの家はどこにある？　彼女の隣にいる黒い服を着た男は誰だ？　彼女のところへ行かなきゃ！

**ヴォルフ**　だめだ。彼女の邪魔をするな。

**ゲオルク**　彼女は窓辺に立って、外を見ている。まるで僕が見えてるみたいだ。

**ヴォルフ**　それはありえない。僕たちはうんと遠いんだ。

**ゲオルク**　でも、頭の中で僕を探しているみたいだ……夕食に客を招待したんだな。

**ヴォルフ**　あの男、しょっちゅう来てる客みたいだぞ。

**ゲオルク**　二人はテーブルごしに身を寄せ合って、手を握りあってる。彼女のところへ行かなきゃ！

**ヴォルフ**　待てって。無意味だ。彼女の邪魔をするなよ。

**ゲオルク**　「邪魔をするな」だと！　僕が何の邪魔をするんだよ？　あいつは誰なんだ？　たたき出してやる。

**ヴォルフ**　それはできないだろうよ。

**ゲオルク**　誰なんだ？　何て名前だ？

**ヴォルフ**　トート（死）だよ。

**ゲオルク**　フルネームだ！

**ヴォルフ**　ゲオルク、「死神」のトートなんだよ。

**ゲオルク**　馬鹿言ってんじゃないよ。あいつはどこに住んでる？　僕はどこであいつに会ったんだっけ？　黒いテカテカ塗りの猿め！

**ヴォルフ**　あいつと張り合うつもりか？　は！

ゲオルク　たたき出してやる。見ててくれ！
ヴォルフ　ならやって見ろよ。やって見るんだな……

## 第七場

ヘレンが郊外の家にひとり。ソファから起きあがる。シーツの上に黒いガイコツがプリントされている。彼女は洗面台に行き、身体を洗う。

## 第八場

公園。髪をクシャクシャにしたゲオルクが、顔に黒いアザをつけて、砂山に座っている。ヴォルフが生け垣の後ろから登場。

ゲオルク　あいつとちゃんと取っ組み合うこともできなかった。
ヴォルフ　でもそれにしちゃ、さんざんな目に合わされたもんだな。

**ゲオルク**　取っ組み合うことができていたら、今頃、ここに珍しい骨が転がっていたはずなんだが。

**ヴォルフ**　あいつは君をあっさり投げ飛ばした。

**ゲオルク**　名人技だ！　あいつが僕を摑んだみたいな捕まえ方をしたら、だれだって投げ飛ばせるんだ。

**ヴォルフ**　ヘレンが君より強い奴と一緒だと、認めなきゃ仕方がないぞ。

**ゲオルク**　確かだ。君は実に上手に慰めてくれる。

嬉しい限りだ。

君は何してた？　生け垣の後ろに隠れてたのか？

**ヴォルフ**　警告したよな。彼女の邪魔をするな、と言ったはずだ。あの力士みたいな奴が彼女と一緒にいる限り、彼女の邪魔をしてはならないってことが、僕には分かってるんだ。

**ゲオルク**　クソッタレの幽霊め！　僕はどうすりゃいいんだ？

あいつの時代がしばらく続くと思うか？

ヴォルフ、君に聞きたいことがある。

僕らの死——つまり、僕ら男にとっての死は、女だって思わないか？

**ヴォルフ**　公平の観点からして、女であってもらわなければ困るよな。黒い巻毛に、黒い乳房の女。死が女じゃなかったら、自分がどうなるか分からない。最後の瞬間に、あんな男の姿をした奴が目の前に立っているなんて！

**ゲオルク**　僕はヘレンにひどいことをした。

彼女の狂信と所有欲をとがめたんだ。

彼女は僕のために血を流していたというのに。

人間の心はなんて杓子定規で、嘘の判断を下してしまうんだろう！　ねえヴォルフ、

僕は彼女に本当に悪いことをした。

**ヴォルフ**　君が後悔しているのは、良く理解できる。

**ゲオルク**　理解はできるだろう。でも君にはその程度が分かってない。罪なんだ！

## 第九場

上手から流行男と伊達男が登場。

**伊達男**　もういいかげんに、シガレット・ケースのことなんか放っておけよ。
**流行男**　気が狂いそうだ。蓋が閉まらない。
**伊達男**　何が入ってるんだ？
**流行男**　ネッカチーフさ。
**伊達男**　ネッカチーフがなぜ煙草入れのケースに入るんだ。
**流行男**　絹製だよ！
**伊達男**　オフクロさんのか？
**流行男**　もちろんそうさ。君もニブイな。
**伊達男**　ネッカチーフがそのケースに入るなんて、真面目に思っているわけじゃないんだろう。
**流行男**　もちろん入るさ。上手にたたむと、きっちり収まるんだ。
**伊達男**　うまく行くはずがないだろうが。
**流行男**　いつもうまく行くんだ！
**伊達男**　開いたはいいが、二度と閉まらない。
**流行男**　二つがセットで母親の形見なんだ。もう一度！
**伊達男**　ケースがちゃんと開いたのは、オフクロさんが君を思っているからさ！

**流行男**　下らん！　クソッタレ・ケースめ。
**伊達男**　ちょっと貸してみろ。
**流行男**　触らないでくれ！
**伊達男**　きれいなクソッタレ・ケースじゃないか。オフクロさんのプレゼントなんだ。
**流行男**　これ以上、イラつかせないでくれよ。
**伊達男**　この赤い布、ぱっくり開いた傷口みたいだ……
**流行男**　無責任にたわいのないことを言わないでくれ。
**伊達男**　まるで僕とこのケースが同じみたいな扱いだな。
**流行男**　君もこのクソッタレ・ケースも我慢できない点では同じだ。
**伊達男**　ねえ君、僕はこのシガレット・ケースとは全く似ていないんだが。
**流行男**　僕だって君がこのケースのようだ、とは言ってない。そうじゃなくて、君はこのケースと同じように僕の神経に障る、と言ってるんだ！
**伊達男**　例えどんなにイラついていようと、友人とケースくらいきちんと区別すべきだろう。
**流行男**　たいした相違があるとは思えない。ひっかかって、神経をイラつかせる点じゃ同じだ。

**伊達男** それじゃあ、僕は行くよ。君はひどすぎる。

**流行男** ここにいてくれ！　ちゃんと閉まるところを見せたいんだ、このケースが。えい！　全然閉まらない……わかったぞ。この後ろの隙間にスカーフの端が挟まってた。ほら。どうだ。（ケースがパチンと閉まる）パチン。見た？　スゴイだろ。これでまた万事オーケーだ。（ケースをポケットに入れる）

**伊達男** ひどいやりとりだったぞ。友達同士とはいえ。

**流行男** うんうん。そういうこともあるさ。

**伊達男** 僕らの間にさっき何が起こったのか、整理しておいた方がいいんじゃないか。

**流行男** 僕はご免だ。議論する気はないよ。

**伊達男** 僕は、侮辱を上手にたたんで詰め込み、パチンと蓋を閉めて、ポケットに突っ込む、そんなケースじゃあない。僕は君にポケットへ突っ込まれはしない。

**流行男** 君をこんな開閉式のケースと比べたことはないよ。冗談じゃない。僕が君を例えたのは、どうやっても閉まらずに謎めいて、たえず問題にせざるをえない、そういうような、もっと高価なシガレット・ケースなんだ。

**伊達男** 君はおぞましい比較をしておいて、後から自分の有利になるように言いくるめるが、そのテクニックには恐れ入るよ。でもそれも、僕の方が君より弱い立場にいるからだ。僕のお人好しのせいで、君が僕に頼るより、僕の方がずっと君に頼ってる——だから君は、何でも言うことを聞く小箱みたいに、僕を扱って平気なんだ。それなのに後から、僕は蓋の閉まらないケースみたいに不可解だなどと正反対のことを主張する。それは正しくないよ。でも、どうぞお好きに、君の方が強いんだから。君はいつも話をねじ曲げる。僕らの友情についての話もねじ曲げる。そのあげくに、荷車をウンウン押して行くアホなロバの登場となるんだ……

## 第十場

郊外の家。ヘレンが出口脇の壁際に後ろ向きで立っている。黒づくめの男が、砂の道を通って家の中に入ってくる。男が敷居を跨いだとたん、ヘレンが後ろから飛びかかり、布で目隠しをして、頭巾の後ろでその布をしばる。黒づくめの男は、目隠し鬼のようにヨタヨタとヘレンの後ろをついて行き、窓辺の椅子に座る。椅子に向き合ったソファにヘレンが座る。外からゲオルク、流行男、伊達男の声。

ゲオルク　君たち！　販売主任の件はどうなってる？

流行男　社長、どうやら見つけたようです。

伊達男　ミッテントツヴァイといって、もとはデータ関係の営業畑です。

流行男　印象は悪くありません。

残念ながら、すごく若いとはもう言えませんが。

伊達男　心臓と腎臓の検査を受けてもらいました。

流行男　ミッテントツヴァイ氏は自分から、徹底的な身体機能測定を受けたいと申し出てきました。

伊達男　スピードテストの結果や予期能力値等々、どれも良好でした。

流行男　もちろん君は、検査結果の数値を見てるよな？　実際の年齢の割におどろくべき余裕を示してる。

伊達男　おいおい、君！　加齢こそ長生きの最大の妨げだってことは、この分野のみんなが知ってることだぜ……

三人は家の中に入る。

**ヘレン** （立ち上がる。）ゲオルク！

**ゲオルク** おはよう、ハニー。

**流行男、伊達男** おはようございます。

**ゲオルク** 僕らは別の所に行こう。
どこか別のところにだ。君たち、来たまえ！

三人は遠ざかる。ヘレンは再び座る。黒づくめの男は骨の指で目隠しの結び目をほどこうとするが、うまく行かない。彼は自分の無力を悟る。

暗転

# 第五幕

## 第一場

夜のカフェ。ヘルマ、ヴォルフ、流行男、伊達男、オーベロン／ミッテントツヴァイの五人が大きな丸いテーブルに座っている。隣のテーブルにはゲオルクとヘレン。その後ろの大きなテーブルには若者と娘。ウェイターがサービスをしている。背後にサーカスの幕、開いた所が明るい。

**ヴォルフ**　ミッテントツヴァイさん、私たちはあなたと事故を起こしてしまいましたが、それはそれとして、あなたをご招待しました。

**ヘルマ**　あなたが私たちと事故を起こした、でしょ！

**ヴォルフ**　あなたは私たちと私たちの車に甚大な損害を与えましたが、それはそれとして。

ミッテントツヴァイ　（小声で）無過失です。
ヴォルフ　何ですって？
ヘルマ　よく聞いて！
流行男　（ハッキリと）無過失です！
ヴォルフ　責任問題はひとまず置いておきましょう。
ヘルマ　私どもは、もう一度冷静に話し合うために、あなたをご招待したのです。
伊達男　あなたがたがこの招待によって、彼から過失責任についての言質を抜け目なく引きだそうなどと狙っておられないことを期待します。
ヘルマ　それなら、せいぜい抜け目なく見張ってらっしゃい。
ヴォルフ　あなたの無礼な邪推から話し合いが始まるのはよろしくない。
ヘレン　（隣のテーブルから）これ美味しくない？
ヴォルフ　ああ、グリーン・ソースはうまくないわけがない。
ミッテントツヴァイ　ほんとにグリーン・ソースならいいけどな。
ヴォルフ　何ですって？
流行男　ほんとにグリーン・ソースならいいけどなって。

**ヴォルフ**　さて、あなたは駐車してる車の列の間からいきなり飛び出してきて……[★42]

**ミッテントツヴァイ**　（首を横に振って）それは違う。

**ヴォルフ**　でもあなたは認めたじゃないですか、走りながらずっと交差点を見ていて、しかも右に曲がるつもりだったのに左側を見ていたと。いいですか、あなたは右側の車線を全然目に入れていなかった。[★43]

**ミッテントツヴァイ**　うまく流れに乗っていましたよ。

**ヴォルフ**　何ですって？

**流行男**　彼はとっくに流れに乗っていたんです。あなたが飛び出してきた時には。

**ヴォルフ**　私は自動車学校の教官ですよ。

**ヘルマ**　最初からではないけれども。

**ミッテントツヴァイ**　フェンダーが飛んだ！　ドアモールが飛んだ！　バンパーが飛んだ！　ヘッドライトが割れた！　前輪が外れた！

**ヴォルフ**　左の三角窓はメチャメチャ！

**ヘルマ**　衝突でへしゃげたわ！

**ミッテントツヴァイ**　ラジエーターグリルが飛んだ！

**ヴォルフ**　五メートルも吹っ飛んだ！
**ヘルマ**　まるで現代芸術。
**ミッテントツヴァイ**　ピカソだ。
**ヘルマ**　あの小型車は塗り替えたばかりだった。
**ヴォルフ**　再取得費用に上乗せしてもらわなければ。
**ヘルマ**　まだ領収書は持ってる？
**ヴォルフ**　もちろんだ。塗装作業費。再取得費用プラス塗装費だな。
**ヘルマ**　サビの出てる個所は無かったわね？
**ヴォルフ**　無い。

幕の間からティターニアが入って来る。

**伊達男**　ミッテントツヴァイさん、立って。彼女が来る。
さあ、サッサと立って。

流行男、伊達男、オーベロン／ミッテントツヴァイが並んで立ち、ティターニアに向かい合う。静寂。

**ティターニア**　あら！　どなたがそうなのかしら？

オーベロン／ミッテントツヴァイが右手の人差し指をちょっと上げる。ティターニアと彼は互いに近づく。二人は互いに腕を首に回し、額を寄せ合う。

**ティターニア**　私が分かる？

**ミッテントツヴァイ**　ああ。

**ティターニア**　嬉しい？

**ミッテントツヴァイ**　ああ。

**ティターニア**　元気？

**ミッテントツヴァイ**　元気だ。

**ティターニア**　この人たち、あなたのお友達？

**ミッテントツヴァイ**　ああ。
**ティターニア**　この人たち、病気なの？
**ミッテントツヴァイ**　いいや。夢を見てるんだ。夢を見ているだけさ。
**ティターニア**　あなたにはまだ力があるの？　どう？
**ミッテントツヴァイ**　ああ。
**ティターニア**　そして頭もシャキッとしてる！
**ミッテントツヴァイ**　ああ。

二人は右手前方のテーブルに座る。

**ヴォルフ**　ミッテントツヴァイさん！　こちらに来てください。
事故の経過のスケッチを書いてください。
妻と私も書いてみます。
**ミッテントツヴァイ**　分かりました。

再び別のテーブルに座る。伊達男が紙と鉛筆を渡す。ティターニアはオーベロン／ミッテントツヴァイから目を離すことができない。ティターニアは何度も彼の所に行き、何事かを耳にささやく。彼は顔を横に向け、上機嫌に微笑むか、肩を揺らして小声でクスクスと笑う。ウェイターがグラスを一つ持ってきて、オーベロン／ミッテントツヴァイの横でお辞儀をする。

**ウェイター**　さて、私の名前は？　私の名前はお分かりです？

**ミッテントツヴァイ**　君はマルティン・トロヴォッケだ。

**ウェイター**　その通り。ようやく分かりましたね。三回目でもまだ分からなかったのに。

別のテーブルに娘と若者。

**娘**　わかってよ！　あたし飲み過ぎてたの。だから肉体関係までいったんじゃない。ほんと、ムカツク！

**若者** そんなの言い訳にならねえって。酔っぱらいだって事故起こしたら、やっぱり裁判受けるんだ。

**娘** でもあたし、罪悪感なんて無いんだけど。

**若者** 俺にはあるね！ 家に帰る時の事故だったとしても、罪悪感を感じるのは確かだ。

**ヘレン** （若者と娘の方を向いて）

一体何の話をしてるの？ 何の話をしてるのよ？

**ゲオルク** 首を突っ込むなよ。

**若者** 君みたいにフシダラな……

**娘** フシダラ……

**ヘレン** あなたのその話し方、私の羞恥心を傷つけるわ。そう、私を傷つける。私を傷つけたいの？

**若者** フンだ！ で、あんたは、高額の銀行口座とか、あんたのデカイ車が引き起こす大気汚染とかで、こっちをどれだけ傷つけてるかは問題にしないんだよな？

**ヘレン** 私は高額の銀行口座であなたを傷つけてなんかいないわ。だって口座なんて持ってないもの。それにデカイ車も持ってない。そもそも車なんて持ってないんだもの。

**ゲオルク** オイオイ。

**娘** フシダラだなんて、そんな言葉、あんたに言われたくない。

立ち上がり、前へ出て来る。

**若者** ああ、行っちまえ、行っちまえ……みんなそれぞれの悩み事があるんだ！

**娘** （オーベロン／ミッテントツヴァイの前でツバを吐く。）ペッ！　こんな顔！　アンタみたいな面！　ケ！　ゲー！　クソッタレ！

**ミッテントツヴァイ** 私はあなたを知らない。どうか、向こうへ行ってください。

若者が娘を引き戻す。

**ミッテントツヴァイ** もしかしたら私はひどく醜い人間なのかな。

**ヘレン** 戦争の悲惨でもまだ足りないんだわ。永遠の地獄の罰が身に迫らない限り、あなたたちはみんな切実には感じないのよ！

**若者**　すぐに黙るか、それともここで公然と議論を始めたいのか、どっちか決めてくれ！
**ヘレン**　（反発に困惑して）そうね、そうね。
**ゲオルク**　いいかげんに静かにしろ！
**ヘレン**　この弱気者たちの洪水が、私たちみんなを押し流してしまう！……悪魔が少しあんたたちを間引きしてくれるといいのよ！

若者は、頭がおかしいのか？　という仕草をして、娘と後ろに下がる。

**ゲオルク**　ヘレン、どういうつもりだ？
**ヘレン**　私は、いろんなことを耐え抜いてきた今、要求をしたっていいと思ってるの、みんなが私を尊重し、私を馬鹿にしないってことを。
**ゲオルク**　でもあの若者には、そんなことわかりゃしないだろ……

ヘレンを腕に抱こうとする。

ヘレン　疲れてるの、ゲオルク。
ゲオルク　「疲れてるの」——それが君の新しい魔除けか？　悪魔ヨ去レ、私は疲れているのだから、違うか？
ヘレン　どうして私を理解してくれないの？
ヴォルフ　この音楽にはゾッとする……
ティターニア　（オーベロン／ミッテントツヴァイに）もう一度やりなおしてみて！　さあ、もう一度やるのよ！　遠くを見て！
ゲオルク　そもそも君は僕に何を要求したいんだ？　君は僕の許に引っ越して来たいって言うけど、夫婦として暮らすのはいやだっていうことか？　妻が夫を受け入れるように僕を受け入れる、それは拒否するんだな？
ヘレン　だめなの？　それってありえない？
ゲオルク　どうして戻ってきたんだ？　ヘレン！
ヘレン　（立ち上がる。）いまに自分でも気付くでしょうけど、コノ醜イ身体ニハ触レナイ方ガイイワ。アナタニハ危険スギル。アナタガ私ヲ見ツメル時、私ハモウ、アナタノ心ニ映ッテイル私デハナイノ。

**ゲオルク** 私じゃないって？　だったら君は誰なんだ？

成長したのか？　あの黒塗りの猿野郎が君を——

**ヘレン** そんなヒドイ言い方はしないで。落ち着いて。落ち着いた方がいいわ。

**ゲオルク** 君は人魚にでもなったのか？　違う。スラリとした長い脚が二本付いてる！　この脚はどこか良い所へと連れて行ってくれるはず……

**ヘレン** 触ラナイデ、オ願イ。

そうした方があなたのためなら、私こんな体、布に来るんで、ヒモで縛ったっていいのよ。

**ゲオルク** 君は病気だ！　病気！　自分の夫の家にちゃんと戻っていない。何てオゾマシイ帰宅だ！　君はどこか別の所にいるままだ。そんな君は受け入れられない！　余所を探してくれ！　いつ、どこでだろうと、僕が望む時に、君を自分のものにしていいって、ちゃんと誓ってくれるんでなければ、君を受け入れられない！

**ヘレン** あなたのそばにいられるんなら、私の身体なんかバラバラになっても、誰だか見分けがつかなくなってもかまわない。あなたに落ち着いてもらえるんなら、たとえ嫌でも、何でもするわ。

ゲオルクはヘレンの腕を取って、噛みつく。ヘレンはゲオルクの顔を平手打ちする。ゲオルクは後ろに倒れる。流行男と伊達男がすっ飛ぶように来てゲオルクを助ける。

**ティターニア**　(オーベロン／ミッテントツヴァイと一緒に練習する。) 我は知る、岸辺を――

**ミッテントツヴァイ**　我は知る

**ティターニア**　野生の麝香の――

**ミッテントツヴァイ**　野生の麝香の

**ティターニア**　花咲き！

**ミッテントツヴァイ**　花咲き

**ティターニア**　桜草の光り、菫の青く輝く岸辺を。
天蓋を豊かに覆うスイカズラと、
甘きゼニアオイと、バラと、そしてジャスミン。★44

**ミッテントツヴァイ**　もう忘れたの？
**ティターニア**　忘れてはいない。
（オーベロン／ミッテントツヴァイに寄りかかる。）
**ミッテントツヴァイ**　ああ、私のあなた。これじゃだめよ。こんなじゃ、私たち人間の皮から二度と抜け出せないわ。
**ティターニア**　我は知る、野生の麝香の花咲き、桜草の――桜草の。
いらっしゃい。無駄だわ。私たちを救済できるのは神様だけ。

二人は再びテーブルに座る。

**流行男**　（オーベロン／ミッテントツヴァイについて）愛すべき人です。
**ゲオルク**　おおいに愛すべき人だ。彼はわが社のすべてのダイレクトメールに返事をくれた。しかし諸君、彼を使うことはできそうにないな。
**流行男**　私たちはみんな、ミッテントツヴァイさんがまだ、自分の殻を破れていないことを知っています。

**伊達男** 彼にはもう少し、サッカー選手流のガッツが必要です。

**流行男** 根本的には、私たちもみんな同じですが。

ヘレン、ゲオルク、伊達男が舞台後部の幕を通って退場する。

**流行男** 三角帽子の道化のようなミッテントツヴァイさん、★45 あなたのせいで、ずいぶん苦労しますよ！

他の三人の後に続く。

**ヘルマ** この音楽には本当にゾッとするわ。

**ヴォルフ** 僕の口まねはよせよ。「私も」ぐらい言えよ。この音楽には私も本当にゾッとするわって。「私も」ぐらい言ってくれ！ さて、事故相手のあなた、スケッチを見せてください！

**ティターニア** この人にかまわないで、お願い。

ティターニアとオーベロン／ミッテントツヴァイは後ろに去る。ヴォルフはテーブルの端からオーベロン／ミッテントツヴァイの描いたスケッチを取り、それを見て途方に暮れる。

**ヴォルフ**　ミッテントツヴァイさん、あなた、本当に車の運転ができるんですか？

**ミッテントツヴァイ**　ええ。

ゆるやかな場面転換。背後の幕が引き上げられる。遠くで黒人の若者がピアノを弾いている。ヘレン、ゲオルク、ヴォルフ、ヘルマがパーティー客として現れ、再び消える。オーベロンもいる。若いウェイターが飲み物を持ってくる。客達の頭の上で誰も乗っていない空中ブランコが時々揺れる。一度だけ黒づくめの男がブランコに座り、右から左へ揺れる。ニワトコの生垣が、このシーンの舞台後部の仕切りとなっている。メンデルスゾーンの『夏の夜の夢』序曲の最後の三〇節がときおり響きわたる。

## 第二場
## 「涙と耳★46」

舞台前方にアンピール様式の大きな長いす、その上に、黒いミニスカートに白いエプロン姿の若いウェイトレスが、手足を伸ばして座っている。その前にいるのはティターニアの**寓意―息子**。ウェイトレスは彼の話を、夢見るような恍惚の表情で聞いており、彼の方も、彼女が耳を傾ける様子にうっとりしている。彼は椅子に座って、脚を組んでいる。彼の足は牛の蹄だ。★47 その他に小さなそれほど背の低くない腰掛けが一つ、やや後ろに置かれている。

**息子** 僕らは五十人ほどに招待状を送った。二十八人は確実と思ってた。来たのはたったの五人。母は傷つくだろう。当然、もっと沢山の人が銀婚式を祝ってくれると、そう期待していたから。母は嫌われていたのかな？　あまり人助けをしてこなかったのだろうか？　母は、やっとのことで失望を隠し、実際に来てくれた五人に、五人では自分を喜ばせるには不十分だという気持ちを感づかれないようにしている。五人ともみな母には大切な人だけれども、こういう特別の日に喜びを提供する大勢の客の代わりにはならない。一番大切な客にも母はがっかりした目を向けるだろう。ありがたいことに彼は来てくれているんだし、考えられる限り最良の客だと考えていいのだから、母が彼にがっかりする理由なんか何もない。最良の、最愛の、最重要の客が来てくれているのだけれども、でもその彼も、来ていない大勢の客と比べれば、全然目立たないし、みすぼらしい。せっかく今晩、ひそかな圧巻となるはずだった彼なのに、母にとっては、せいぜい来なかった客の穴埋めの意味しかなくなってしまった。彼は座を支配するというよりも、ぎこちなさそうに立っている。というのも、目立つために必要なはずの大勢の、つまらない客たちという背景が欠けているからだ。彼に次ぐ二番手、三番手、四番手の客たちもほとんど同じだけれど、順位が下がるにつれて、事態はもっとヒドクなる。滑稽な五段階があるだけなんだけれど、段が低くなればなるほど、人数の欠落がますます重く感じられる。今日の祝宴の中心である母の失望した顔のために、ここにいない人たちの無言の重圧が強くなるからだ。

老けた顔のティターニアがきらびやかなショール姿で右手から登場。腰掛けの横に立ち、背後をジッと見る。

**ティターニア** 一人、二人、三人、四人――
他の人たちは、もう下の家の中にいるのかしら？

**息子** 彼だけが家の中です。母上。

**ティターニア** 彼。彼は来たのね。私も会いました。ちゃんと約束を守ってくれたんだわ。

**息子** ねえ、母上、正直言って僕たちが一緒にお祝いをするのは、この五人のすばらしい人たちです。きっかり五人です。母上に誠意を持って接しようとしてくれている五人が公園と家の中にいます。あの人たちこそ、今日ここに来ることを心から願った人たちです。

**ティターニア** 五人が来てくれたのね。
何て素敵でしょう。とても嬉しいわ。
私の髪、まだちゃんとしていないんじゃないかしら。
ちょっと、ご免なさいね。

左手に去る。

**息子**　母はまた少し泣くんだろうな。初めから大げさなお祝いなんかしなければ良かったのに。初めから小さな、内輪の集まりにしておけば良かったんだ。結局そうなったんだし。ウェイターもクローク係も必要なかった。料理人もピアノ弾きの黒人もいらなかった。内輪の方がずっと良かった。大げさなスタイルは、まるで親しい仲間たちの上に冷たく降りる霜のようだ。親密な関係も、スタッフが多すぎるせいでこわばってしまう。でも、母の愛するみんな、あるいは少なくとも多くの、とても多くの人たちが母の周りに一同に会するのは、もしかしたら、これが最後かもしれなかったのに、誰もそうは考えなかったのだろうか？　一同に会した大勢の人が、あふれる泉のように、すばらしい喜びを生む、そんな喜びを母に贈ってあげたかったのに。大勢が一同に会する！　少人数が集まったって意味がない。誰も来ないのより悪いくらいだ。それだったら、母の毎週火曜日のお茶会と同じだ。今日集まったのは、記念日とはまるで関係のない人たち。考えうる限り最悪の火曜日だ。毎週の十二人のお茶会。日常の灰色の塊だ。まさに燃え尽きた情熱の灰の塊。でも、いけない。母をそこから守っ

てあげるはずの間違いを自分で犯している。来なかった人たちに文句を言う代わりに、
せっかく来た客たちにイライラをぶつけている。少数の人たちは、自分たちが少数だと
いうことに何か手が打てるだろうか？　打てるはずがない。むしろ大勢の人の方が——

ポケットからハンカチを取り出し、口と額をぬぐう。ティターニアが右手から、
紅茶の載った盆を持って登場。

**ティターニア**　坊や、邪魔じゃないわね？
午後の紅茶を
お前のそばの、陽のあたるここで飲みたくてね。
もう少し陽の光りをね。

腰掛けに座る。

**息子**　母上、あまりお客さまをお待たせしては良くないでしょう。

**ティターニア** かまわないのよ。今日はお祝いの日なんだから、お前と二人きりでお茶をするの。今日は私のしたいことをするわ。

**息子** わかりました、母上。

**ティターニア** これから大騒ぎが始まるんだから、その前にちょっとぐらい、二人だけの時間を持たなきゃ、そうよね？

**息子** ええ、もちろんですとも。

**ティターニア** 短い間でも、お前を一人占めできるのは、とても素敵。（前かがみになって、ささやく。）まだ誘ってないの？

**息子** 誘うって？　何のことです？

困惑した微笑みを浮かべて、ソファの娘を見る。

**ティターニア** やれやれ、坊や。（ため息をつく。）何ごとにも日の当たる側と日陰の側があるわ。私は長い人生の中でずいぶんスカを引いてきた。でも多くのとても素敵なものも用意されていたわ。そしてお前——お前はいつだって、私の最大の喜びでした！
でもまったくねえ！　お前が女に関してそんなに奥手とは。お前がどんな男か――わかってもらえさえすればねえ！　こんなにやさしくて、こんなに賢くて、こんなに可愛い男。今どき虫眼鏡で探したって簡単には見つからないわ、そうでしょ？

**息子**　ええ、母上。

**ティターニア**　まだ噂話にもなってないのよ。もっとも私たちの小さなグループでは、ヘレン・メルゲントハイムが、お前のことをいつも嬉しそうに話しているわ。

**息子**　ヒレヴェッヒさんも、そうでしたよね。

**ティターニア**　そうね。彼女もそう。ちょっとだけね。まだちゃんとじゃないわ。彼女に興味があるの？

**息子**　お尋ねしただけです。前に母上が言ったんですよ。ヒレヴェッヒさんとメルゲントハイムさんの二人が、僕を取り合いっこしてるって。でも、今はメルゲントハイムさんだけだったので。

**ティターニア**　そうだったわね、坊や、でも時々変わるものなのよ。気分も、まなざしも、雰囲気も。毎週火曜日に、同じように好かれるとは限らないの。メルゲントハイムの気を引いてみるのも、悪くないかもよ。彼女ちょっとした宗教オタクだけど、でも身体は非の打ち所がないわ。

**息子** メルゲントハイムさんがですか？　ヒレヴェッヒさんの身体の方がきれいですよ。

**ティターニア** ヘルマの方が？　彼女もうすぐ六十よ。

**息子** じゃあヘレンは？

**ティターニア** ちょっと若い！　ちょっとだけ若い！　ヘルマがきれいな身体……お笑いだわ！　丸々としたおデブさんなのに。

**息子** それは好みですよ、ママ。ヒレヴェッヒさんはとても魅力的な容姿だけど、メルゲントハイムさんは薄っぺらい美人だと思います。

**ティターニア** 好きになさい。それならヒレヴェッヒの方に舵を進めておくわよ。そういうことならね。

**息子** そういうことなら……（母の手を取り、キスをする。）ごめんなさい、ママ。こんなに少ししか客が来なくて。

**ティターニア** あら！　気にしてなんかないわ。

後ろを向いて、ちょっと涙を拭いてから、立ち上がる。

さあ！　お客さまの所に行かなくては！

**息子**　今日はすばらしく素敵ですよ、母上。まるで今日がご自分の結婚式みたいです。

**ティターニア**　何ておかしな目をしてるんだい、お前ったら……

紅茶の載った盆を持って右手へ退場。

**息子**　今、母は紅茶の盆を持って出て行った、普段の日と同じだ。ただ、少しだけ普段の日と違うのは、火曜日みたいな急ぎ足だったこと……主よ、どうして今日を祝日に変えてくださらなかったのです⁈　あなたが軽やかで親切なその御手で、数ダースものあなたの愉快な被造物を、うちの庭に投げ入れてくださる、あの明るい夏の一夜を、どうして僕たちに恵んでは下さらなかったのです？　そうすれば、夏の夜は生命に満ち、母への祝いの言葉であふれかえったはずでした。「さあ、我らは祝いながら見つめ、見つめながら愛し、愛しながら誉めたたえよう」……アウグスティヌス[★48]のこの言葉を僕は五十枚のテーブル・ナプキンに印刷させた。いったい誰のために？　宗教との境界を乗り越えることすら怖れぬほどの盛り上がりをみせる宴会のためだ。遙か大昔から歓びに慣れ親しんでいて、どこでもめんどうな礼儀など脱ぎ捨てられる大勢の客たちのためだ。それなのにたったの五人だけ、いつもの友人だけだとは？　紙ナプキンのアウグスティヌスの言葉は、五人の背筋を凍りつかせるだろう。そして五人の大昔からの知り合いでは決してできない雰囲気を世界中に広めるように、絶えずそんな強制をされているような気分になるだろう。アウグスティヌスの言葉は、みんなを困惑の極みに陥れ、その言葉が示すのとは正反対の効果を発揮するだろう。祝えずに凍り付き、見つめられずに項を垂れ、愛し合えずに嫌みを言い合い、誉めたたえられずに不平を言う。それ以外にありえない。というのも、この五人についてどう考えるのも自由だけれど、ひとつだけ彼らから奪えないものがあるからだ。それは、この火曜日を長い火曜日の歴史にうずもれる、いつもの火曜日にしてはならない、そういう共通の気持ちだ。一方ではみんな、名誉にかけて自分の使命を果たそうとする。でも他方では、自分を目立たなく紛れさせる期待を裏切った不在の客たちに対して、いつまでも批判めいてこだわるのだろう。僕だって大勢の客を必要としていたのだ。僕だって、母と一緒に大勢の客たちの中に紛れることを望んでいたからだ。大勢の中に彼女を捜し、客たちの中に隠れて彼女にキスをし、そして夕食の後、もう一度、外の黄昏の草の中に立ってワインを飲みながら、眠る時が来るのを待っている大勢の客たちの中に入って行き、彼女の肩に真っ白なアンゴラの上着を着せかけて、そして彼女を大勢の中で抱き寄せて、ああ、大勢の目が、みんなの目の前で、みんなの目の前で！そう、あの夜は明るかった。明るくて、雲も無く、祝祭のような夏の一夜だった。みんなは着飾って、夕食の後、家の後ろの公園に出てきて、黄昏の光りの中で、眠る時が来るのを待っていた。そう、僕は大勢に紛れて彼女にキスをした。これこそパラダイスね、息子や、と彼女が言った。ええ、と僕は応えた、これこそパラダイスですとも、ママ。

長いすの娘が驚いて飛び上がる。

**息子**　僕の言ってることが分かったの、それとも、ただ聞いていただけ？

暗転

終

## 訳注

★1―ドイツ現代演劇を代表する演出家のひとり。解題参照。

★2―Geist は精霊、妖精とも訳せる。以下、原文のイタリック体はゴチックで示す。

★3―以下、英語（特にヘレンが多用する。）及び仏語、ラテン語の原文表記は、カタカナの全文で示す。

★4―サーカスの仲間として、自然科学者でありながら合理主義に疑問を唱えた、実存神学の哲学者パスカルの名前を挙げている。注40参照。

★5―１９８０年代半ばにおける「エイズ」の話題は興味本位でしかなかったが、１９９０年代からは患者数が爆発的に増えている。

★6―シェイクスピア『夏の夜の夢』二幕二場より。

★7―『夏の夜の夢』でのオーベロンとティターニアとの仲違いの原因はインドの子供。

★8―人名であろうが、中国語で「可口（kekou）」は「おいしい」という意味。

★9―二幕二場参照。

★10―楽器の「調律」という意味と、「事実に合っている」との二義。

★11―クレタ文明の別称。伝説のクレタ王ミノスの名前に由来する。ギリシャ神話では、ミノス王が犠牲の雄牛を惜しんだので、怒ったポセイドンはミノス王の妻パシパエを狂わせて雄牛に欲情を抱かせる。パシパエは名工ダイダロスの助けで牝牛の皮をかぶって雄牛と交わり、人身牛頭のミノタウロスを産む。

★12―『夏の夜の夢』三幕一場より。
★13―同右。
★14―「朝の薄明 Grauen」。直前の「恐れ Grauen」と掛けたのだが、翻訳は苦しい。
★15― Talismane。「お守り Talisman」の複数形をヘルマが Talismänner と間違えたので訂正したのだが、やはり翻訳は苦しい。
★16―「羊の頭」は愚鈍を意味するが、「羊飼いの時間 Schäferstunde」は恋人同士の愛の時間を示す。
★17―フランス革命の際のジャコバン派の指導者で、二人ともロベスピエール派により処刑された。
★18―エイズの連想。注5参照。
★19―アメリカのトランスワールド航空の略語。1980年代からの航空業界の不況の結果、2001年にアメリカン航空に吸収合併された。
★20―アメリカを代表する名門航空会社であったが、1991年に倒産。
★21―マイノリティに対する差別に自覚的な「ポリティカル・コレクトネス」の運動は、1980年代にアメリカを中心に広がった。一般にドイツでは、ナチズムの過去への反省から、「人種」問題に対してはアメリカ以上に神経質な反応が返ってくる。
★22―「有能な」tüchtig。プロローグの冒頭に現われるキーワード。
★23―「Irmgard Peters のようにバカにしたら」。人名は未詳。
★24―何かを「掴む（Griffe）」と……「概念（Begriffe）」の地口。
★25―「イッヒ（私 Ich）」の「イ」。

★26―プロローグおよび注４参照。「パスカルの思想の核心は、人間が己の真の姿に目覚め、それを自覚し、その含む矛盾を実践的に止揚して、人生の目的なる人間のあるべき真のあり方に到達することであった。」森有正『デカルトとパスカル』筑摩書房　昭和４６年　３６３頁。

★27―ミゲル・ミグズは、アメリカ西海岸系ロックのミュージシャン。

★28―１９９2年の『始まりの喪失』の副題、「点と線に関する省察」の「点」は、文字通りに訳せば「染み Fleck」である。合理的連続の「線」に対して、突発的な断絶としての「点」が対置されている。

★29―注11参照。

★30―ギリシャ神話のミノス王はダイダロスを探すために、巻き貝に糸を通す方法を見つけた者への莫大な賞金を告知させた。

★31―ギリシャ神話のダフネは、アポロンの誘惑から逃れるために月桂樹となった。

★32―原文では「スキーの話をしているの?・」「きずな Bindung」をスキーの「ビンディング」に掛けている。

★33―「共に（mit）」と「二つに分裂（entzwei）」から作った造語で、「分裂と共に」と読めるし、また「二つの真中・間（mitten）」とも聞こえる。戦後ドイツの「状況」を「男女」の関係性と通底させる、いかにもシュトラウス的な命名。

★34―１９７0年に発売されたジョン・レノンの『ゴッド』をも思い起こさせる。１９６8年世代の「夢の終焉」とも読める。

★35―男二人のバイセクシャル的な微妙な関係性が見て取れる。

★36―エウリピデスのギリシャ悲劇『トロイアの女たち』では、祖国を喪失して奴隷になる女たちの嘆きのモノローグが続く。

★37―ドイツ国旗の色。

★38―マティアス・クラウディウスの詩にシューベルトが曲を付けた「死と乙女」、およびエルフリーデ・イェリネク『汝、気にすることなかれ』（ドイツ現代戯曲選第9）第二部と第三部の注釈を参照。

★39―「まことにあなたはご自分を隠しておられる神である。」イザヤ書四五章十五節。

★40―注31参照。ここは一幕冒頭の「パスカル」による「逆説の神学」からの発想が読み取れる。

★41―六月二十四日の前夜、「真夏」の夜。

★42―「駐車の間Parklücke」の「駐車」は「公園」と同語で、「公園の隙間」の含意も考えられよう。

★43―戦後ドイツへの含意が読み取れる。

★44―注6参照。

★45―妖精の王は、今や道化でしかありえない。

★46―「我がため息、我が涙」バッハ、教会カンタータBWV13番。

★47―注11参照。

★48―アウグスティヌスは『告白録』で有名なローマ時代の神学者で、後の実存神学への影響が強い。一幕冒頭のパスカルとも対応する。

訳者解題

# 愛という欲望の喪失

## ――ボート・シュトラウスの「乗り越えがたい近さ」

寺尾　格

ボート・シュトラウスは一九四四年、ニーチェが学校生活を送ったナウムブルクで生まれ、ケルンとミュンヘンの大学でドイツ文学、社会学、演劇史を勉強。一九六七年から一九七〇年までドイツ演劇批評誌『テアター・ホイテ』の編集と演劇批評に携わり、一九七〇年からはベルリン・シャウビューネ劇場のドラマトゥルクとして、演出家ペーター・シュタインと共にほとんど伝説的となった舞台を幾つも手がけた。一九七二年に処女戯曲『ヒポコンデリーの人々』を書く。二作目の『知った顔、乱れる気持ち』（一九七五年）が新人の登竜門とも言えるハノーファー劇作家賞を、これはトーマス・ベルンハルトおよびフランツ・クサーファー・クレッツと共に受賞。三作目の『再会の三部作』（一九七七年）が爆発的にヒット（後にレクラム文庫化）して、それに続く四作目『老若男女』（一九七八年）、五作目『カルデヴァイ、ファルス』（一九八二年）と、いずれも批評家によるシーズン・ベスト戯曲に選ばれるのみならず、ドイツ中の劇場でブームとも言えるほどの人気を得た。『公園』（一九八四年）はその最中に書かれた六作目にあたる。以降、一九八〇年代、九〇年代を通して最も注目を浴びたドイツの劇作家であり、二〇〇五年までの戯曲作品は二十三本を数えている。

戯曲以外の著作も非常に生産的で、一九七四年以来、小説、エッセイ集、詩集などが十四冊ある。特に一九八一年の断片的エッセイ集『カップルたち、通り過ぎる者たち』は、アドルノのエッセイ集『ミニマ・モラリア』に擬せられる話題作となり、一九八九年には戦後のドイツ文学を代表する評価のあるビュヒナー賞を受賞している。日本語訳としてはエッセイ集『始まりの喪失』（青木隆嘉訳　法政大学出版　一九九六年）、エッセイ集『住む　まどろむ　嘘をつく』（日中鎮朗訳　法政大学出版　一九九八年）、小説『マルレーネの姉　二つの物語』（藤井啓司訳　同学舎　二〇〇四年）の三冊。

日本におけるシュトラウス上演は、本シリーズの他の作品と同様にかなり遅れて、二〇〇〇年九月に青山円形劇場で俳優座による『ロッテ』（『老若男女』の渡辺知也訳　演出ポール・ビナッツ）、および二〇〇三年六月にベニサン・ピットで『時間ト部屋』（広島実訳　演出トーマス・オリバー・ニーハウス。）

『公園』について述べる前に、一九八〇年代のシュトラウス・ブーム以来、彼の作品に対して繰り返し使われた三つの用語について簡単に触れておきたい。まずは「ゲゼルシャフト喜劇 Gesellschaftskomödie」で、「ゲゼルシャフト」とは「社会」と「社交」とのふたつの意味が込められている。『再会の三部作』が典型的なのだが、戦後の西ドイツ社会の豊かさを体現しているような知的でファッショナブルなパーティー会場を舞台に、いかにも「社交」的な会話のなにげないつぶやきの中に、男女の心理的絡み合いに託されて、戦後のドイツ「社会」の抑圧している現在と過去のトラウマであるナチスと東西分裂が、しばしば神経症的に鋭利に、映画のショットのように次々と示される。

二つ目が「地震計 Seismograph」という言葉である。シュトラウスの舞台の全体的な雰囲気、そして様々な人物や小道具は、時代の不安の有り様をいち早く示し、その「震源」のありかを観客に気付かせてくれるという評価である。これは同時に三つ目の「綱渡り Gratwanderung（尾根歩き）」という表現にもなる。どちらもシュトラウスの描く男女の危うい関係性を表現すると共に、戦後のドイツ社会の、更にはシュトラウス個人の立脚点の問題性をもあらわにする。これは一九八九年のベルリンの壁崩壊以降の九〇年代、およびニューヨーク・テロ以降の現在のシュトラウス評価とも関わる。

一九九三年にシュトラウスの書いたシュピーゲル誌へのエッセイ『膨れ上がる山羊の歌』で、彼はいわゆる「右翼」宣言を行った。シュトラウスとしては、「戦後」の「啓蒙」を含めた「近代」全体の有り様を批判するための「美的」な立場表明であったのだろうが、折からドイツ統一直後の混乱のなか、「極右」の暴力事件が頻発していた状況下である。批判と擁護が乱れ飛ぶ論争騒ぎとなり、これ以後、ドイツでシュトラウスを毛嫌いする知識人は多い。シュトラウスに対する批判の基本的方向性は、例えば三島憲一『現代ドイツ』（岩波新書　二〇〇六年）の第四章に的確に述べられている。おそらく問題は、「政治的＝法的」議論による「啓蒙＝公共性」のレベルと、「文学的＝美的」挑発による無意識的情念の表現特性との相違をどのように判断するべきか、そのあたりにあるように思える。

シュトラウスは先述の『カップルたち、通り過ぎる者たち』の中で、大島渚監督の映画『愛のコリーダ』について次のように書いている。「この偉大な物語は……余計な筋を持たないことによって、私たちをラディカルな愛の聖域に閉じ込める。そこで教えられる性的欲求の厳しさは、手当たり次第の消費と家庭的フラストレーションとの間で、性の本質を避けてばかりいる我々の腐敗したセクシュアリティに対するものである。」一九八四年に初演された『公園』とは、まずはそのような「腐敗したセクシュアリティ」の回復と挫折を描く現代風ロマンチック寓意劇ということになるのだが、なかなか一筋縄ではいかない作品ではある。

冒頭の前置きからして、以後の展開と同様、いかにもシュトラウス風の持って回った言い回しで様々な解釈が可能だろう。ここでは二点だけを指摘しておきたい。

第一にシェイクスピアの『夏の夜の夢』を前提としているのだが、ただし「目覚め」は無いこと。第二に神話もイデオロギーも認めない「有能な」合理的社会では、ただ「芸術作品」の魔力だけしか残されていないのだが、ただしそれも仮定として提出されるにすぎないこと。

前置きの文章がすでに示す不安定な雰囲気は、シュトラウスのいずれの舞台にも共通する基本的な彼のスタンスである。こちらのパースペクティヴが狂うような感覚と言っても良い。非常にリアルで細やかな心理的やりとりが、いきなり悪夢のような暗部に通底し、一瞬、神話的なレベルまでもが交錯するような酩酊感である。

例えば冒頭に出てくるニワトコの茂み、パンストやカセットテープ、ビール缶、サーカスの獣の声、砂場、ブランコ等は、すべてが「都会の公園」を明示する現実的な「換喩」であろう。しかし例えばニワトコの木は、シェイクスピアの『恋の骨折り損』(五幕二場)によればユダが首をくくった木だそうで、一般には「死」の比喩であり、中が空洞であることから「虚偽」の意味をも持っている。その枝に、都会生活の荒廃した消費的欲望のゴミが巻きついている。そこに妖精オーベロンとティターニアが現れて、現代人の去勢された愛の不毛を嘆くというアレゴリカルな設定。あるいは獣の声やサーカス、そしてブランコは、冒頭のゲオルクとヘレンの対話内容を引き出すと共に、オーベロンの求める「性的欲望」とその力（サーカスのテントの隙間からの強い光）に、また両極の間を揺れるブランコからヘレンが落ちた事実は、「矛盾の否定を媒介する幾何学的方法（森有正）」に基礎を置く哲学者のパスカルにさりげなく関連付けられる。以下同様な手法で、いかにも意味ありげで暗示的な作者のそぶりの意図的な大仰さと、リアルな断面を鋭利に切り取る手際のさりげなさとが不安定なまま、いつのまにか全体を包み込むわけである。

ところで神話的な暗示とリアルな心理描写との並立は、実はもともとのシェイクスピアにおいても主要問題であった。つまりロバに恋するティターニアの姿に顕著な夢幻的でグロテスクなエロティシズムと、恋人同士の心理的葛藤のリアリズムとの交錯する世界が『夏の夜の夢』ではないだろうか。シェイクスピアとシュトラウスとの相違点は、シュトラウス自身の言うように「目覚め」の有無にある。

『夏の夜の夢』における目覚めとは、混乱する神話的「夢」世界から、結婚という「現実」への目覚めである。それを保証するのが王の結婚という大枠の設定で、現実と夢とが交錯する筋という時間的関連を動機付けているのが、〈宮廷↓森↓宮廷〉という場所の移動における空間的な変化で、ここには神話と現実の両者における秩序回復メデタシメデタシの喜劇的基本リズムが隠されている。アテネという理性の都市を囲んでいる原初の混沌とした神話的森へ迷い込んだ恋人たちは、神話世界のもたらした夢におびやかされつつも、朝の光りと共に元の現実世界に戻り、大枠としてのシーシュスとヒポリタとの結婚で終わる。結末に結婚があるのは喜劇の常套手段であるが、これはただの結婚ではない。人間的「理性」であるアテネの王と、神話的「野蛮」であるアマゾン族の女王との結合、それが『夏の夜の夢』における現実回復のリズム及び自然と人間との一致という喜劇的契機の基盤である。

パックあるいはキュプリアンによって引き起こされた喜劇的な混乱は、どちらの劇においても始源的欲望の暴露としては一種の神話的狂気である。そのような狂気の現れる場として、一方に「森」があり、他方に「公園」がある。シェイクスピアでは、人は未解決の問題を解くべく理性のアテネを離れ、周りに広がる自然の森に入り込んで行く。シュトラウスでは夢を喚起する場所は人工的な自然としての公園である。ここでは自然は初めから都市という文明に囲まれ、管理された偏奇な存在にすぎない。広大な自然に囲まれた小さな都市国家（アテネ）に対するに、管理された大都会の中の小さな自然（公園）がある。

この対照的な相違は、狂気に対する人間理性の態度と位置に関して、この四百年の間に何が起こったかの変化を示している。近代のとば口にあったシェイクスピアの時代は、理性の支配はいまだ限定的であり、狂気に対する自己主張はまださささやかでしかなかったが、しかし「森」から戻る希望を語る言葉は祝祭へとつながる明るさを保ちえていた。他方、近代の終わりに位置するシュトラウスは、狂気すらも理性が小さく圧縮して管理する時代に生きている。にもかかわらず、狂気という自然を囲い込むにつれて、理性は自らの判断能力を次第に放棄することにもなる。なぜなら、我々が課題として目にしているのは、狂気にまで至りうる愛の不条理としての性的欲望だからである。

ちなみに性的欲望をドイツ語でLustと言う。しかし日常では必ずしも「性的」に限らず、もっと気軽にも使う。例えば「ディズニーランドに行こうよ。」「そんな気(Lust)は無いね!」手近の独和辞書を開いても、まずは一般的・精神的な「欲求・願望」の類の訳語があり、次に「情欲」等の「性的欲望」が説明される。しかしグリムの辞書によれば、最も古い意味は「動物的な自然と関連している衝動」であるから、現代の辞書的な意味配列には、近代以来の「性の抑圧」が隠されていることになる。「性的欲望Lust」が消費(貨幣)という「欲求Lust」の一般形式に取り込まれ、お手軽な「愛」へと無害化されている社会、それが我々の現代というものだろう。

「自然な衝動」としての性的欲望 Lust とは、それを喜劇的リズムにおいて見れば、そもそも「死」をもおのれの中に含み込む広大な自然の循環リズムに支えられている。人工的に管理された狭い公園という現代的な「自然」には、自分自身を回復させる力すら実は存在しない。活力に乏しい「自然」の中でオーベロンによって主張される神話の回復、即ち始源的欲望としての性的欲望の「目覚め」の試みは、実は初めから限定されており、事実、四幕ではオーベロン自身の存在が名前とともに否定されてしまう。自然のリズムの支えを持たない二組の男女の現実の葛藤と混乱もまた、欲望の意味の喪失の中に紛れ込んでしまう。

『夏の夜の夢』と同様、『公園』における四幕もまた「目覚め」の場面から始まる。しかしオーベロンはすべての支配力を失い、無気力な老人へと自らを変身させている。またヘレンは擬人化された「死」と対置される。どちらも「目覚め」には違いないのだが、オーベロンの変身は、彼の求めた神話的欲望への「目覚め」からの更なる「目覚め」であり、始源的性的欲望の喚起に対する現実からの拒否である。他方、擬人化された「死」と向き合うヘレンの姿は、神経症的不安が自ずと求める破壊的調和への無意識の衝動のアレゴリーであり、愛の不条理が内包している神話的自然への「目覚め」を見つめている。どちらにしてもシュトラウスは「目覚め」

を単純に肯定的に提示するわけではない。そもそもそれは一体「目覚め」であるのだろうか。なにしろオーベロンは自らの名前すら失ってしまうし、「死」も「目隠し」をされて「自分の無力を知る」しかないのであるから。

さらに五幕では、カフェに一同が会する一場と、わずか五人しか集まらない銀婚式のパーティーの二場によって、基本的には『夏の夜の夢』における劇中劇と同じ効果を生み出している。とりわけ二場におけるティターニアの息子の長いモノローグの最後では、舞台における夢としての虚構の現実が、「パラダイスだ……と言う。」とのメタ演劇的な台詞の反復で提示されるのだが、それも擬似観客としての娘を介在して中断されることによって、批判的な提示にしかならない。最後の疑問文は、パックの最後の口上と同様に、「夢」としての舞台と「現実」としての観客との関係をあらためて問題としながら、虚構と現実とを多義的に結び付ける演劇の否定的な自己主張となっている。結局「目覚め」が前提としている認識の不安定さが、シェイクスピアと同様にここでもまた暴露されてしまうのだ。

しかしこの不安定さは逆転を起こすだろう。「目覚め」が錯綜してどこまでも相対化されれば、オーベロンが初めに求めた性的欲望の復活もまた舞台上の虚構として共に相対化される。そうなると、失われ、挫折した性的欲望が神話的な大仰さで宣言されればされるほど、実はその挫折もまた虚構の不安定さの中に隠れてしまう。
　例えばシュトラウスは次のようにも書いている。「〝愛のコリーダ〟を支配している発電器は、肉体的な接触によって欲望の流れを常に新たに生み出している。それは性的欲望の構成主義であって、ただ成長のみ、上昇のみ、限度を越えて行くことのみしか知らない。（中略）性的欲望だけが孤立してあることにおいては、いかなる非道な振る舞いもなく、外部の障害とのいかなるあつれきもなく、汚れた気晴らしも、生物学もなく、ついにはいかなる食事も、夢も、労働もない。つまり性的な交換の純粋主義は全面的なものである。」（『カップルたち、通り過ぎる者たち』）
　性的陶酔という「自閉性」は、欲望をただ無限に高めて行くことしか知らない。無限にまで高めることができる能力を持っているにもかかわらず、現実にはそれを持続させるだけのシステムを欠いている人間にとって、どこまでも上昇しつづけ、陶酔しつづける欲望の維持は現実には不可能であるように見える。しかし不可能であるはずの陶酔は、不可能のままで実際に映画の中に定着している。
　愛を社会的「制度」としてではなく、「欲望」においてとらえようとすれば、そして欲望を欲望一般に構造化させずに、始源的な「性的」欲望においてラディカルにとらえようとすれば、『愛のコリーダ』のように、陶酔の究極としての「死」に結果するしかなくなる。
「それにもかかわらず、終わりは始まりと同じく共通なものがある。それはつまり、求められているのは一人に対するもう一人の勝利ではなくて、時そのものに対する愛の勝利ということである。」（『カップルたち、通り過ぎる者たち』）
「愛の勝利」というういささか大時代な表現は、もちろん単純にそのまま受け取るわけにはいかない。というのも、無限に上昇する陶酔そのものは、現実に決して存在できないことをシュトラウスは繰り返し強調しているからである。しかし芸術という限られた枠の中でのみ、他の一切を振り捨てた「純粋主義」が成立しうる。これを、現実の不可能性を通して見るのか、それとも虚構の可能性を通して見るのか、その二者択一の両方を等分に離れて見ているのがボート・シュトラウスであろう。『公園』における虚構としての神話と現実における神経症との関係性を、性的欲望（Lust）の喪失（Verlust）として描き出すシュトラウスに言わせれば、男と女を引きつけ合う「近さ」こそが、最も「乗り越えがたい近さ」（unüberwindliche Nähe）なのであるから。

**著者**

**ボート・シュトラウス（Botho Strauß）**

1944年ナウムブルク・アン・デア・ザーレ生まれ。劇作を中心に、小説、詩、エッセイと多数。1970年代後半以降、ブームと言えるほどの高い人気を維持し、1989年にビュヒナー賞受賞。『老若男女（ロッテ）』『時間と部屋』は日本でも上演された。男女の欲望、すれ違い、消費の抑圧、不安等、現代の豊かさの抱える病理を繊細な視点から描写。

**訳者**

**寺尾格（てらお・いたる）**

一九五一年生まれ。東京都立大学経済学部卒業後、人文学部独文学科に再入学、同大学院博士課程単位取得。専修大学教授。論文に「クラウス・パイマンとブルク劇場」（九一）、「ボート・シュトラウス『イタカ』におけるホメロス改作」（九五）、「コロスとモノローグ　エルフリーデ・イェリネク論」（九九）など。翻訳にヴェルナー・シュヴァープ『かぐわしきかな天国』（二〇〇三）ほか。

ドイツ現代戯曲選30　第十九巻　公園

二〇〇六年八月一〇日　初版第一刷印刷　二〇〇六年八月一五日　初版第一刷発行

著者ボート・シュトラウス◉訳者寺尾格◉発行者森下紀夫◉発行所論創社　東京都千代田区神田神保町二−二三　北井ビル　〒一〇一−〇〇五一　電話〇三−三二六四−五二五四　ファックス〇三−三二六四−五二三二◉振替口座〇〇一六〇−一−一五五二六六◉ブック・デザイン宗利淳一◉用紙富士川洋紙店◉印刷・製本中央精版印刷◉

◉ISBN4-8460-0605-0

## Neue Bühne 30

*16
文学盲者たち/マティアス・チョッケ/高橋文子訳/本体 1600 円

*17
指令/ハイナー・ミュラー/谷川道子訳/本体 1200 円

*18
前と後/ローラント・シンメルプフェニヒ/大塚 直訳/本体 1600 円

*19
公園 /ボート・シュトラウス/寺尾 格訳/本体 1600 円

*20
長靴と靴下/ヘルベルト・アハターンブッシュ/高橋文子訳/本体 1200 円

タトゥー/デーア・ローアー/三輪玲子訳

ジェフ・クーンズ/ライナルト・ゲッツ/初見 基訳

バルコニーの情景/ジョン・フォン・デュッフェル/平田栄一朗訳

魅惑的なアルトゥール・シュニッツラー氏の劇作による魅惑的な輪舞/
ヴェルナー・シュヴァーブ/寺尾 格訳

ゴミ、都市そして死/ライナー・ヴェルナー・ファスビンダー/渋谷哲也訳

ゴルトベルク変奏曲/ジョージ・タボーリ/新野守広訳

終合唱/ボート・シュトラウス/初見 基訳

座長ブルスコン/トーマス・ベルンハルト/池田信雄訳

レストハウス、あるいは女は皆そうしたもの/エルフリーデ・イェリネク/谷川道子訳

ヘルデンプラッツ/トーマス・ベルンハルト/池田信雄訳

論創社

Marius von Mayenburg Feuergesicht ¶ Rainer Werner Fassbinder Bremer Freiheit ¶ Peter Turrini Rozznjogd/Rattenjagd ¶ Falk Richter Electronic City ¶ Tankred Dorst Ich, Feuerbach ¶ Thomas Brasch Frauen. Krieg. Lustspiel ¶ Igor Bauersima norway.today ¶ Fritz Kater zeit zu lieben zeit zu sterben ¶ Elfriede Jelinek Macht nichts ¶ Peter Handke Die Stunde da wir nichts voneinander wußten ¶ Einar Schleef Nietzsche Trilogie ¶ Kathrin Röggla wir schlafen nicht ¶ Rainald Goetz Jeff Koons ¶ Botho Strauß Der Park ¶ Thomas Bernhard Der Theatermacher ¶ René Pollesch Stadt als Beute ¶ Matthias

# ドイツ現代戯曲選⑩
# Neue Bühne

Zschokke Die Alphabeten ¶ Franz Xaver Kroetz Der Drang ¶ John von Düffel Balkonszenen ¶ Heiner Müller Der Auftrag ¶ Herbert Achternbusch Der Stiefel und sein Socken ¶ Volker Braun Iphigenie in Freiheit ¶ Roland Schimmelpfennig Vorher/Nachher ¶ Botho Strauß Schlußchor ¶ Werner Schwab Der reizende Reigen nach dem Reigen des reizenden Herrn Arthur Schnitzler ¶ George Tabori Die Goldberg-Variationen ¶ Dea Loher Tätowierung ¶ Thomas Bernhard Heldenplatz ¶ Elfriede Jelinek Raststätte oder Sie machens alle ¶ Rainer Werner Fassbinder Der Müll, die Stadt und der Tod